▸ability 附身
成獸化後的空天狐柘榴所帶來的
數值強化狀態。
還能使用牠一部分的能力。
Only Sense
絕對神境
Online
13

「以這樣的陣容，感覺勝利也並非遙不可及了。」
「沒錯，我也會全力幫忙喔！」
「我啊，可是很不擅長對人戰鬥耶。」
利利 Lyly
一流的木工技師。
對建築速度很有自信，
負責擔任據點城牆的製作。
庫洛德 Cloude
以皮革和布匹為主要素材的裁縫師。
身為GVG的參謀，
必須統合許多位玩家。
云 Yun
經營【加油工坊】的生產角色。
被要求展現出生產角色能活躍的方針，
因此接受了GVG的邀約。

「來吧，出擊！」
繆 Myu
使用單手劍與白魔法的聖騎士（Paladin）。
擔任GVG的據點隊長，
在戰鬥大顯神威。
GVG開幕！

春天，王花櫻盛開怒放——
（……討厭，已經吃不下了啦。）

作者 アロハ座長
繪者 ゆきさん
Presented by Aloha Zachou / Illustration by Yukisan
Only Sense Online
絕對神境
13

Only Sense Online

GVG與賞花企劃

Only Sense Online 絕對神境 13

Only Sense Online Area Map

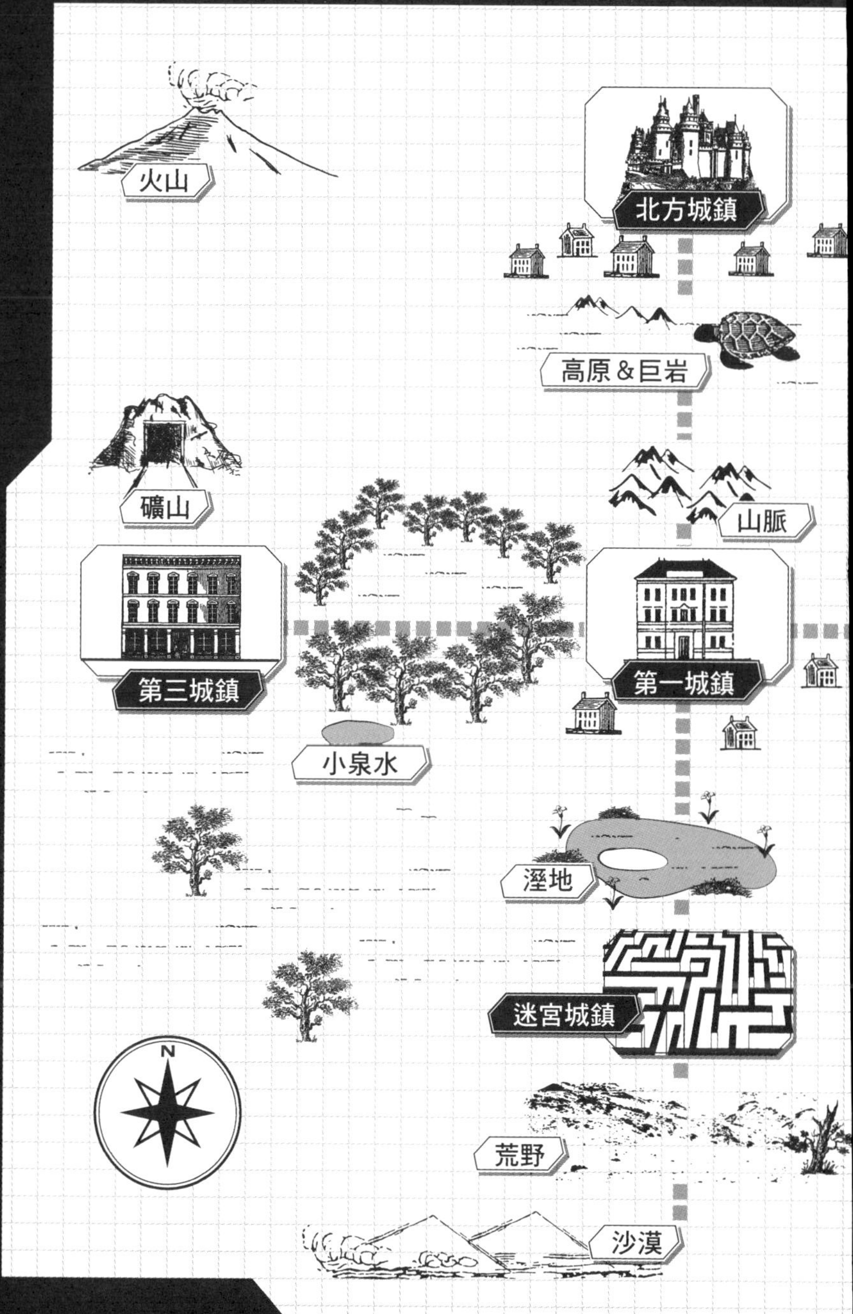
火山
北方城鎮
高原&巨岩
礦山
山脈
第三城鎮
第一城鎮
小泉水
溼地
迷宮城鎮
N
荒野
沙漠

云 Yun

選了最差天賦【弓】的新手玩家。做為一名初出茅廬的生產職玩家，他開始發覺附加魔法與道具生產所蘊含的可能性——

繆 Myu

云在現實生活的妹妹。使用單手劍與光魔法的超前鋒型聖騎士。在公測版被譽為傳說的外掛級玩家

瑪琦 Magi

玩家間相當知名的武器商人，同時也是頂尖生產職玩家之一。做為云的前輩，常給予他可靠的建議

賽伊 Sei

云在現實生活的姊姊。從公測便開始遊玩的最強法師。以水屬性為主，可使出各種等級的魔法

塔克 Taku

邀請云遊玩ＯＳＯ的始作俑者。裝備單手劍與輕裝鎧甲的劍士，是名只顧著攻略的重度玩家

庫洛德 Cloude

裁縫師，頂尖生產職玩家之一，為販售服飾系裝備的店主。負責生產云以及瑪琦身上的庫洛德系列裝備

利利 Lyly

頂尖生產職玩家之一，手腕一流的木工師傅。自行生產的法杖或弓等裝備在多數玩家中具有相當人氣

序章　船釘與結晶樹的種子

在【加油工坊】的工作區，傳出了節奏規律的金屬敲打聲。

被燒得赤紅的金屬每次敲打就會迸發出火花，並慢慢改變形狀。

我正試著使用從魔法爐熔出的祕銀合金，製作某項道具。

「呼，這是第七十四根了，感覺還好漫長喔。」

我將塑形完畢的祕銀合金浸入冷卻水降溫，略帶青色的金屬立刻反射魔法爐的火焰發出光芒。

這塊金屬整體而言相當平整，呈現L字型的楔狀則是為了某種特殊釘子的需求。

至於其素材，則是祕銀與藍光鋼的合金。

微調完成後，我將製品收進木箱中。

「光是打造一根就得費好大的工夫，難怪其他玩家都不想做這個。」

為了準備好總數一百根的祕銀合金特殊釘，我繼續著手下一根的製作。

倘若要問我現在在做什麼，其實就是為了生產某種特殊的釘子——船釘罷了。

當初，是【OSO漁會】的希奇福克跑來委託製造加利恩帆船，那也是這項工作的開端。

後來就由木工師傅利利擔任設計與建造總指揮，覺得這項計畫好像很有趣的我跟瑪琦小姐也加入了。

預定要用來打造加利恩帆船的祕銀合金船釘，需要以好幾千根為單位的數量，然而具備如此高等級【鍛造】或【工藝品】天賦的玩家卻寥寥無幾。

我自己，是在瑪琦的協助下提升了【鏤金】的等級，好不容易才有辦法生產祕銀合金，並進一步像現在這樣投入船釘的製造。

「升級後能製作的範圍變大了固然令人高興……但重複同樣的作業果然還是很枯燥啊。素材也會不知不覺消耗掉，下回就以五十為單位進行補充好了。」

我自言自語並繼續製作船釘，最後終於完成了目標的一百根。

「那麼，現在這個時段應該在線上吧。利維、柘榴，我們要出門囉。」

我把裝了船釘的木箱封蓋並收入所持道具欄，接著呼喚在【加油工坊】店面窗邊享受日光浴的利維與柘榴。

「京子小姐，那就麻煩妳顧店了。」

「好的。云小姐，請慢走。」

我對店員NPC的京子小姐這麼吩咐道，她臉上便浮現惹人憐愛的微笑，目送我們出門。

我要交貨祕銀合金船釘的地點，是利利的店——不過在那之前，我得先跑一趟瑪琦的店【芝麻開門】才行。

抵達【芝麻開門】的我，正巧看見人偶抱著店裡的大劍，要放到店頭的武器臺座上。

「看樣子露芙有乖乖在工作呢。」

『歡迎光臨，請問有什麼需求呢？』

一察覺我走進店內，機關魔導人偶露芙就抱著大劍轉身問道。

身為機關魔導人偶的她，是我們收集了在荒野地區發現的【機關魔導人偶零件】並努力修復完成的。

露芙的存在，由於是ＯＳＯ裡很稀罕的女僕機器人所以非常受矚目，一時之間還有許多玩家是為了看她才聚集到【芝麻開門】，不過現在熱潮好像已經消退了。

「露芙，最近情況還好嗎？」

『是的。主人幫我上了發條，身體也妥善保養過，所以狀態非常良好。』

因為是人偶，所以她說話的語氣很平淡，表情也缺乏變化，但我還是微笑地點頭回應。

「那真是太好了。」

『是的。目前，正為了提升出力而進行手腕部的換裝，這樣可以幫上主人更多的忙。』

「幫瑪琦小姐的忙？」

聽到什麼提升出力跟手腕換裝這些有點令人不安的詞彙，我忍不住追問道。

『提升出力後，搬動店內沉重的展示品就能更輕鬆，主人也會因此高興。』

「啊，我懂了。那真是好極了——」

露芙的口吻儘管很淡漠，但她輕鬆抱起大劍並小心翼翼搬動的模樣，還是讓人覺得她心裡對能幫上瑪琦的忙同樣感到很喜悅。

我也以溫柔的目光在旁守候著露芙。

「對了，我來這邊找瑪琦小姐有事，可以麻煩妳轉達一下嗎？」

『好的，我會通知主人云小姐有找，現在馬上過去——』

說完，露芙把剛才搬到一半的大劍放回武器臺座上，並進入裡面的工作區去叫瑪琦。

「不過話說回來，雖然露芙不是NPC，但情緒表現還滿豐富的啊。」

我回想剛才跟機關魔導人偶露芙對話的過程，這麼喃喃說道。

從她人工製品般的機械式對應與外表判斷，與NPC相比，她表達情感的方法應該會受限才對。

然而，她看起來又能透過對話或小動作等來補足自己情緒表現的不足。

「就是因為這樣，我才覺得OSO很有趣啊。」

遊戲裡NPC與使役獸的寫實反應，光是看了就能讓人感到趣味橫生。

正當我在想著這些的時候，瑪琦從工坊裡走出來。

「云，讓妳久等了。露芙，可以幫我跟云準備茶嗎？」

『遵命，主人。』

露芙恭敬地行了一禮。我則目送她利用工坊的熱源煮茶的背影，接著才重新看向瑪琦。

「露芙她，好像已經很適應這裡了。」

「對呀。因為她力氣大還能幫我搬礦石跟武器，而身穿女僕裝又可以點綴店面真是太好了。」

聽到瑪琦這樣的回答，我也同意地點點頭。

「那麼，趁露芙把茶端出來之前先把正事趕快解決吧。」

我在瑪琦的催促下，自所持道具欄取出裝了船釘的木箱，並遞給對方。

「瑪琦小姐，麻煩妳了。」

「ＯＫ，包在我身上。不過話說回來，檢查船釘的品質，讓利利做不是也可以嗎？」

「嗯，我想看露芙的現況也是理由之一啦。另外就是，想讓瑪琦小姐知道上次幫我升級後，我本身天賦的成長幅度……」

我將特地拜託瑪琦檢查船釘品質的理由說出口。

自己說完以後覺得怪不好意思的，於是我搔搔臉頰，至於瑪琦並沒有停下從木箱拿出船釘的檢查作業，但依然輕聲笑道。

「真是的，云老愛說一些討我開心的話。」

儘管她的嘴角鬆弛開來，但檢查作業還是很仔細，一根釘子都得花幾秒鐘才算確認完畢，最後她從一百根裡面只挑出了兩根。

「以大量生產的道具來說，不符合利利要求標準的就只有這兩根。嗯，云真的很優秀呢。」

「結果，還是有兩根不良品啊，感覺有點受打擊了。」

以為自己做得很好的我不禁垂下肩膀，而瑪琦則是面露苦笑並拿起不合格的那兩根展示給我看。

「雖說的確有點問題，但只要稍加修正就能通過利利要求的基準了，不必因為這種程度的事灰心啦。」

「真的嗎？」

「嗯。妳仔細看，這個地方，就是L字形彎曲的部分。因為這個部位最容易斷掉，如果沒有從高溫一口氣冷卻的話，淬火處理就會不足。」

「啊，是因為我連續生產導致冷卻水升溫變成溫水的緣故吧。」

「沒錯，所以妳更換冷卻水的時機可能要提早一點比較好。像這兩根只要再去加熱一次並重新進行淬火應該就沒問題了，要不要乾脆在我這裡修正呢？」

「好啊，那就借用一下妳的工坊好了。」

我對瑪琦的提議點頭同意，正想快點去借用裡頭的工坊並準備站起身時，露芙從裡面剛好端著放有茶具的銀托盤走出來。

『主人，茶已經準備好了。』

「那麼，我們等喝完茶再繼續做吧。」

「好，我知道了。」

我再度坐回椅子上，等待機關魔導人偶露芙送上茶。

等待茶水從茶壺注入杯子的空檔，瑪琦一臉喜孜孜的模樣。

「老實說，以前看庫洛德跟云的店裡有ＮＰＣ會立刻送上茶水，我心底羡慕死了。」

「原來是這樣啊？」

「妳看，只要隨便吩咐幾句就有茶可以享用了，會抓恰到好處的時機把茶端上來簡直棒極了不是嗎？」

當然，願意親手幫別人煮茶的云也很了不起，瑪琦又這麼補充道。

對於自家的ＮＰＣ京子小姐被人如此高度評價，我除了開心以外，也對

自己無心的舉動會被人那麼看重而頗為害臊。

就在這時，露芙把裝了茶的杯子放到我們面前，我跟瑪琦紛紛舉杯。

「我們來品嘗看看庫洛德送我的茶吧。」

「好啊，那我就不客氣了。」

我偷偷往旁邊瞥了一眼，面無表情的露芙似乎充滿了自信。

先聞了聞自茶杯中飄出的紅茶芳香，感覺香氣好像比一般的紅茶更濃郁一些。

接著，我傾斜茶杯啜飲一小口——

「好苦!?咦？這是紅茶嗎!?」

「唔，露芙？妳是不是泡太久了？苦到簡直沒辦法下嚥啊。」

瑪琦好像也有同感，皺著眉放下只喝了一口的紅茶。

『重新格式化的影響，導致原先累積的服侍知識全數遺失了。因此，才會大量使用送來的茶葉並進行高溫抽取。』

由於是機關魔導人偶所以缺乏臉部表情，但假使她的五官能活動，這時臉上一定會浮現得意之色吧。

本來以為露芙是個很冷靜的女僕機器人，但搞不好她是個很笨拙的女僕機器人呢。

『這個機械的身體，就算能測出溫度，但想靠數值感應出味覺跟嗅覺還是很困難。所以希望主人能允許我一直嘗試，直到煮出合主人口味的茶為止。』

也就是說，直到她成功以前，瑪琦都可能得忍受這麼苦的茶囉，我感受到一股跟機關魔導人偶失控時截然不同的戰慄感。

瑪琦向我投來求助的視線。

「呃……我說露芙啊？首先，讓我來教妳基本的泡茶方式吧，先以那個為基礎再試驗瑪琦小姐喜歡的口味如何？」

『云小姐的指導，令我這個機械之身感到無比榮幸。』

語畢，露芙很恭敬地鞠了一個躬。

瑪琦這時雖然不發一語，但可以感覺到她向我送來感激的視線。

那之後，我像是當初對【加油工坊】的京子小姐一樣，教導露芙如何正確泡茶。

一開始，我先查明她為什麼會泡出那麼苦的茶，原來是把半只茶壺都塞滿了茶葉，確定單純是茶葉放太多的緣故。

再來，我告訴她應該放幾匙的茶葉，還有熱水溫度與沖泡時間等大致的基準——

「嗯，跟剛才的比起來已經進步很多了！云，露芙，謝謝妳們。」

「呼，這麼一來應該沒問題了吧。」

『云小姐，非常感謝您，讓我能博得主人的歡心。』

露芙這種因缺乏知識而顯現出的笨拙讓人感到相當可愛。

『主人，云小姐，請問會覺得肚子餓嗎？我可以去準備點心。』

「等一下！露芙，妳不用忙了！應該說，先學過一次才允許妳做！」

只見瑪琦拚了命地阻止，面無表情的露芙似乎很洩氣。

（云……）

瑪琦為了避免露芙聽見而透過好友通訊對我說道。

（我想她現在絕對做不出什麼點心啦。況且時間也不夠了，下回有空再請你慢慢教她幾項簡單的食譜吧。）

（唉，以機關魔導人偶充當助手的計畫，看來離目標還很漫長呢。）

結束了方才的對話，我終於得以借用瑪琦的工坊來修正不符品質標準的船釘，等重新檢查確定過關後才離開【芝麻開門】。

然後，我的雙腿這回改朝利利的店邁步。

●

走進掛有【利利木工店】招牌的店，對店員NPC出聲打招呼後，我這張熟面孔隨即被帶往店的後頭。

通過商店走道最深處的一扇黑色門扉，頓時——一大片廣闊的平原映入眼簾。

這是透過【個人領域持有權】這項道具所產生的原野，以平原為基礎的這塊土地在持有者利利的努力耕耘下，蓋起了造船廠及植林場。

一來到這塊寬廣的平原，背上還載著柘榴的利維立刻成獸化。

我等了一會，利利的夥伴——不死鳥涅希亞斯也輕巧地降落在成獸化的利維背上。

「云云！我等妳好久了！」

晚了涅希亞斯一步，利利才現身並朝跟店面相通的這扇黑門跑過來。

「利利，讓你久等了嗎？」

「是還好啦。但原本我手邊的祕銀合金船釘就不夠，所以加利恩帆船的建造遲遲無法進展呢。」

說完，利利向我揮了揮手要我不必介意。

這時，我跟利利發現涅希亞斯牠們還在這，便以手勢告知牠們可以自由活動了，於是背上載著柘榴和涅希亞斯的利維便朝平原信步走去。

「那麼，我們到造船廠那邊談吧。」

「好啊。我也想先清點一下收到的船釘。」

我們彼此點頭，於是我就跟利利一塊走往造船廠的方向。

在造船廠裡，已經有好幾名玩家正在幫忙加工木材，氣氛變得比以前我來這裡時熱鬧許多。

此外，當我跟利利一走進造船廠——

「老大！辛苦你了！」

「「——辛苦了！」」

利利才剛靠過去，身材壯碩的男性玩家們就一起低頭行禮，害利利忍不住露出苦笑，只好揮揮手指示他們回去工作。

「跟以前差真多呢。」

「我教了希奇奇他們那個【OSO漁會】的玩家【木工】天賦後，就變成這樣了。」

「那個，你不會覺得害臊嗎？被人叫老大什麼的……」

「嗯，多少會啦。不過我已經習慣了。況且欣賞大家在我指揮下整齊劃一生產木製品的景象也滿有趣的。」

利利臉上浮現苦笑並這麼答道。

「因為我必須站在指導人那方的立場還特地去取得【教導】天賦，這麼一來大家的【木工】等級就會上升更快，也讓我覺得挺開心的。」

所謂【教導】天賦，是一種拿自身已有天賦去指導、輔助其他玩家學習時，會讓對方獲得更多經驗值的一種能力。

利利透過這項天賦，讓【OSO漁會】的玩家們搖身變為造船大隊。

「現在，因為缺乏素材的關係所以在場的人數不多。」

「咦，所以其實人原本更多嗎？」

「我暫時先讓其他人搭乘自己的試作船出海，或是出外收集船釘需要的素材了。」

聽了利利的說明，我感佩地點點頭。

接著，我來到造船廠角落的桌邊坐下，並取出所持道具欄裡裝有船釘的木箱。

「這是第一次交貨的產品。」

「謝謝你云云，這麼一來我這邊的工作終於可以稍微進展了！」

利利馬上著手檢查船釘的品質，並很快確認這一百根都沒問題。

「船釘都沒問題喔。這是購買船釘的貨款，另外我先把下次交貨所需的素材也給你。」

我接過裝了船釘貨款的皮囊以及製作祕銀合金需要的素材，將內容物檢查完畢，並結束這次的交易。

製作這些為數眾多的船釘，因為必須以祕銀合金打造，生產難度頗高，其實並不是很划算的買賣。

然而，這件事又跟加利恩帆船的建造息息相關，我已經等不及船隻完成了。

「加利恩帆船現在究竟完成多少了？」

「唔——船的骨架算是組裝好了，但船釘不足，參加作業的玩家們等級也不足，再加上材料不夠，所以暫停施工了。」

你看——利利對我指著還只有骨架的那艘木製船。

距離完工依然遙遙無期，先前我從骨架旁邊走過去時，因為跟完成預想圖以及我腦中的想像畫面差太多了，我甚至沒發現那就是船。

「所以，我現在閒得發慌啊～」

利利說完，整個人懶洋洋地趴在桌上，又抬頭仰望我。

「瑪琦琦她好像有機關魔導人偶這種有趣的東西可以玩，我也想要找點樂子啊。」

「你對我抱怨有什麼用……啊！」

「嗯？云云，妳有好主意了嗎！」

對於猛然撐起上半身的利利，我提及一項應該可以引發他興趣的話題。

「應該算是吧？就是在復原【化石】時出現的植物種子。」

我在認識的調教師蕾緹雅的協助下收集了大量的【化石】道具，而在復原化石之際，除了蕾緹雅需要的道具外當場都由小隊同伴平分了。

那當中也有植物的種子之類，被我收了起來，而其中唯有一項是極其稀罕的道具。

從那玩意的道具名稱判斷，與其說是藥草不如更像是某種樹木的種子吧。

「那植物的種子名叫──【蔭影結晶樹的種子】，我想說的就是這項道具。」

說完，我從所持道具欄取出實物，擱在桌上。

那是一顆被黑色纖維質外殼所包覆、體積近似於核桃的巨大種子，利利也實際拿起來檢視。

「這個，也是我頭一次見識到的樹木種子耶。云云，這究竟會長成什麼性質的樹木啊!?」

「呃，我也不知道啊。」

「你不知道？」

「因為我不清楚讓它發芽的條件，所以，只是暫時先用【生產箱】複製。」

所謂的【生產箱】，是我在夏季露營活動取得的報酬，它可以每天一次隨機取得某道具種類的其中一項素材，或者直接進行道具的複製。

【蔭影結晶樹的種子】，因為素材等級很高，又因為是種子之故，成功率頂多五成左右，所以到目前為止我才複製出五顆而已。

然而，最重要的發芽條件我還是沒找出來，因此只能放在所持道具欄裡占空間。

「原來如此！感覺很有趣耶！就讓藥草專家云云跟樹木專家的我同心協力

設法讓這種子發芽吧！」

「好啊。利利，你願意幫我的忙嗎？」

「那還用說！」

我這麼問道，利利以一副理所當然的模樣使勁點頭。

感覺生產船釘的作業還要耗時很久，但我決定暫時放在一旁，先跟利利一塊去尋找【蔭影結晶樹的種子】的發芽條件。

第一章　造園家NPC與樹木栽培

我跟利利帶著利維、栢榴以及涅希亞斯，去尋找讓【蔭影結晶樹的種子】發芽的方法。

「云云，妳之前已經試過了哪些方法？」

「我去請教平時幫我許多忙的農夫NPC該怎麼種植，但他不曉得。然後又去圖書館翻書，還是找不到資料。最後只得親手試驗，結果全都失敗了。」

我當初是在大花盆裡放入泥土與肥料，並埋入種子，跟其他植物一塊放在【加油工坊】旁的玻璃屋裡培育。

幾天後，我收到了種植失敗的訊息。

到目前為止我從事的植物栽培，都有農夫NPC提供建議，並請京子小姐幫忙管理，所以從未失敗過，這次的經驗倒是讓我著實吃了一驚。

「是嗎？既然用【蔭影結晶樹】找不到任何資料，或許它還有其他名稱也說不定。」

「或許吧。也就是說，它真正的道具名稱是被隱藏起來囉。」

聽了利利的指責，我思索自己錯失線索的可能性。

下次換一個視角去圖書館找搞不好會有新的發現，但我總覺得那樣會很費力氣。

「好吧，那這件事就交給身為【木工師】的我。」

「利利已經有方向了嗎？」

「不，完全沒有！」

利利儘管自信滿滿地把任務攬下來，但又馬上斷定自己毫無頭緒。

他真的沒問題嗎，我內心感到很不安，但利利還是露出滿臉的笑容答道。

「就像云云想知道藥草相關的知識會去拜託農夫ＮＰＣ一樣，我也有類似的拜託對象喔。」

「耶，原來還有其他這類的ＮＰＣ啊。」

「嗯，你跟我走一趟吧。」

語畢，我便緊跟著邁步而出的利利背後。

我跟利利先從第一城鎮的傳送點跳躍到第二城鎮。

這一帶依然跟每次來的時候一樣充滿閒靜的鄉村風情，令我的臉頰肌肉自然鬆弛開來。

「云云，這裡這裡啦。」

「喂，利利到底想走到哪裡去啊？」

「再一下就到了。」

我只好跟著一直賣關子的利利繼續前進，最後終於抵達一棟位於郊外且植有小片葡萄園的農家建築物。

來到建築物前方，我看見一名男子正抽著菸斗待在緣廊邊休息。

「日安～」

「哎呀哎呀，是利小弟啊。今天帶著這位小姐跟一群動物上門，有何貴幹呢？」

男性NPC放下嘴裡的菸斗，望著我跟利利以及那一群使役獸。

我一邊輕聲向對方打招呼，一邊詢問利利。

「利利，這個人是？」

「是經營葡萄農業的造園家NPC喔。」

「造園的部分，只是我偶爾閒暇時的興趣。對了，你們找我有什麼事嗎？」

由於我想仔細請教這位看似溫和穩重的男子，便從所持道具欄取出【蔭影結晶樹的種子】給對方看。

「喔呵，這玩意是……」

我把手中這顆黑色纖維質的塊狀種子遞出去，讓口中正發出咕噥聲的造園家ＮＰＣ接手，讓他能好好確認。

檢查的過程中，造園家ＮＰＣ突然睜大雙眼，臉上露出驚訝的表情。

「這玩意，不就是【蔭影結晶樹的種子】嗎，很罕見哩。」

「果然沒錯，這是很稀有的東西嗎？」

我這麼一追問，造園家ＮＰＣ才緩和臉上的表情向我稍微致歉。

「不好意思，是【蔭影結晶樹】本身很珍貴，所以我才會對它的種子亢奮起來。」

造園家ＮＰＣ說完把黑色種子還給我，告訴我更詳細的資訊。

「【蔭影結晶樹】這種植物，在自然界也很稀有。假使不符合特定的條件就不會發芽，所以是一種很難栽種的植物。因此，一般的造園家都不會去碰這種東西。」

「是這樣啊……」

利利垂落雙肩一副喪氣的樣子，但造園家NPC的話還沒說完。

「我的朋友裡面有一位熟知【蔭影結晶樹】的獵人，我幫你寫一封介紹信帶過去吧。」

「真是太感謝您了。不過，為什麼是獵人呢？」

「其實【蔭影結晶樹】這種植物，包括纖維質的樹皮、樹葉、樹汁在內，都分別能成為狩獵道具的素材喔。」

只見造園家NPC先返回家中，寫了一封介紹信再拿出來，並遞到了利利手上。

雖然我對那封介紹信的內容很好奇，但因為柘榴跟涅希亞斯都用鼻尖湊過去試圖嗅聞，趁還沒被牠們弄髒，利利就先收進所持道具欄了。

「利小弟，你們在來這裡前一定已經調查過【蔭影結晶樹】了吧。」

在緣廊邊重新坐好的造園家NPC，目不轉睛地直直看向我們。

「然後，因為找不出線索所以才會登門拜訪對吧。用這種植物的名稱之所以挖不到資料，等你們碰到我認識的那位獵人後就會明白原因了。」

聽完他的話以後，我跟利利便朝熟悉【蔭影結晶樹】的那位獵人ＮＰＣ所在位置邁步走去。

據聞是在第二城鎮近郊森林裡的某間小屋，但當我們來到那一帶後——

「這附近的地區我經常來，可是從來沒看過什麼小屋啊。」

「啊，我也為了確保木材而常跑這裡，的確沒見過類似的建築物哩。」

感覺我跟利利一下子就碰到死胡同了，只好停下腳步。

由於已經快接近日落的時段，要找的話就得動作快一點才行。

「光站著想也沒用，還是先進森林裡吧。」

「對啊。如果是隱藏的地點就得靠云云的【識破】天賦幫忙了！」

「呃，也別全賴給我啊。」

我打開選單檢視自身的天賦數值。

持有ＳＰ15

【魔弓ＬＶ23】【千里眼ＬＶ22】【識破ＬＶ34】【捷足ＬＶ26】

【魔道ＬＶ27】【大地屬性才能ＬＶ8】【附加術士ＬＶ1】

【調教ＬＶ34】【料理人ＬＶ15】【物理攻擊上升ＬＶ21】

【生產角色心得ＬＶ21】

保留

【弓ＬＶ55】【長弓ＬＶ39】【調藥師ＬＶ18】【鍊金ＬＶ47】
【合成ＬＶ46】【鏤金ＬＶ37】【游泳ＬＶ18】【語言學ＬＶ27】
【登山ＬＶ21】【身體耐性ＬＶ5】【精神耐性ＬＶ4】
【先制心得ＬＶ11】【要害心得ＬＶ10】【念力ＬＶ3】

由於要製作上繳給利利的祕銀合金船釘，我的【鏤金】及其輔助天賦都升級了。

其他包括【附加術】天賦也到達50級，可以成長為更高階的【附加術士】。

轉換為上位天賦儘管會導致數值暫時下降，但因為將來數值的上升率會變高，所以不用多久就能恢復原本的實力了吧。

「那麼，我的【識破】天賦能不能找出什麼端倪呢。」

天色也漸漸暗了，能尋找的時間所剩無幾。

假使目標是人或建築物，派利利的同伴涅希亞斯飛到空中鳥瞰搞不好還比較快。

我心裡這麼盤算，並跟利利一塊踏入第二城鎮近郊的森林，結果沒過多久一名男子就現身在我們面前。

「嗅到了有人想呼喚我的氣味，結果追蹤過來竟然是兩個小鬼。你們是何方神聖？」

這傢伙身穿黑色外套，下半張臉也用黑布覆蓋住，此外他背上背負長弓，腰際也吊掛著開山刀，看起來就像個獵人。

然而，他充滿壓迫感的氣息讓步行在我身旁的利維鬃毛倒豎，柘榴也沿著我的身體衝上來，一溜煙逃入了我的兜帽中。

至於利利那邊，駐留他手腕上的涅希亞斯開始發抖，從這些使役獸的異常反應判斷，這傢伙恐怕不是普通的獵人ＮＰＣ。

「為什麼你們身上會有那種氣味？那種香水我只送給認識的朋友。」

「請問是造園家認識的那位獵人嗎？我們手上有他的介紹信。」

利利自所持道具欄取出剛才收到的介紹信，這下子男子的警戒心更強烈了。

「把那玩意放到地上。」

「呃……」

「快照做。」

對方的嘴巴隔著布發出如此強硬的命令口吻，已經快哭出來的利利，只能乖乖把介紹信放在原地，跟我一起退下數步之遠。

「嗚、嗚噎噎！云云，好恐怖喔！」

「啊，真是無妄之災啊。」

對方冷靜但又不由分說的口吻，嚇得利利邊顫抖邊緊抱住我的手臂，我為了安慰他而摸了摸他的頭。

緊接著，疑似獵人的那位NPC拾起擱在地上的介紹信，先確認過信的氣味後，才繼續打開信封檢視裡面的內容。

「好吧，我確定是那傢伙給的介紹信了，你們跟我過來。」

獵人NPC依然是那種不容反駁的口氣，自顧自往森林深處前進。

大概是第一印象實在太糟了吧，利利遲疑了一會才跟我一塊跟上獵人NPC的步伐。

沿途，我們跟著刻意放在森林裡、恐怕是充當路標的石頭左彎右拐，並緊跟著獵人ＮＰＣ不放，最後終於看到一間小屋。

「好了，到這裡應該就沒問題了吧。」

說完以後，獵人ＮＰＣ坐到小屋前方的木墩椅子上，褪下外套以及覆蓋口部的布，對我們露出真面目。

「那麼，你們把目的長話短說吧。」

聽到臉頰有刀疤且目光銳利的男性ＮＰＣ這麼說，利利一下就退縮了，我只好代替他向對方問道。

「首先，是希望你告訴我們讓【蔭影結晶樹的種子】發芽的方法。」

跟展示給造園家ＮＰＣ那時一樣，我再度自所持道具欄取出實物給他看，結果男子似乎很不悅地用鼻子噴了口氣。

「這種植物不是小鬼該擁有的。妳是從哪找來這玩意？」

「呃……我不懂你的意思？」

「就是字面上的意思。這種植物不是給尋常人使用，而是像我這種以前幹刺客的人，偷偷拿來當寶貝的稀有玩意。」

語畢，這位獵人，更正，這位前刺客ＮＰＣ露出一副覺得很無趣的模樣。

但被他引發興趣的利利反而鼓起勇氣追問道。

「你跟那位造園家NPC是什麼關係啊？」

「啐，那傢伙原本是在幫忙管理貴族的庭園，而我則是無所不在的暗殺者。只是很遺憾，我大意被那傢伙逮著了才被迫金盆洗手。」

前刺客NPC極其不爽地回答道。

然後，大概是為了轉移話題吧，他指著我手上的【蔭影結晶樹的種子】。

「因為你們查不出這玩意的資料才會找到我這裡來吧。像這類隱密的植物，通常可用在暗殺上。因此，大部分的情報都只會透過口耳相傳。就算真的有留下文字，也會以密碼的方式記載。」

——就像這樣，NPC把我們想知道的情報說了出來。

我聽到這，才臨時想起就算農夫NPC不清楚這種樹，藥店的阿婆搞不好會知道什麼也說不定。

「那麼，關於栽種的方法——」

「這玩意的發芽條件，是陰暗潮溼的環境。此外在發芽以後，還必須提供大量的養分協助生長。如果養分不足它就會立刻枯萎腐敗。」

「請、請說慢一點——」

我慌忙取出筆記本跟筆，把對方一口氣說出來的發芽條件寫下來。

「等長到幼苗的程度後，就算放在日照下也能安定成長。這種樹長大以後，會吸收光線使四周的環境稍微變暗，還具備能迷惑人類的力量。那個叫迷途森林的地方之所以會使人遇難這也是原因之一。」

我跟利利一塊聆聽前刺客ＮＰＣ的說明並不住地點頭。

這種類似運筆的背景敘述讓我們非常感興趣，緊繃的心情也放鬆下來。

「最後關於能使用的素材，它纖維狀的樹皮可以搓繩，而從樹葉抽取的染料具備吸光性質，能提高服裝的隱密性。另外只要稍微加工還能變成暗殺者愛用的夜視藥。其他還包括，樹汁也能成為硬化樹脂等等。」

說完，他從自己的裝備中取出實際以【蔭影結晶樹】染料染過的外套展示給我們看，除此之外還有以纖維狀樹皮搓揉後塗上黑色樹脂、感覺很堅韌的繩索，以及某種軟膏狀的藥物。

「好了，你們想知道的都已經問完了，小朋友就乖乖回家吧。」

「嗯，我們知道了。那今天非常感謝你。」

利利對這位前暗殺者道謝，但對方卻用力把臉撇開。

「小鬼不要因為一時好奇就調查這種暗黑的密技，最好以後都別再來了。」

那位以前當過刺客的獵人ＮＰＣ似乎很不悅地吐出這番話，然後就逕自走進小屋了。

「……云云，那個人雖然感覺很恐怖但搞不好是個好人哩？」

「嗯，或許就跟一般的善良百姓差不多吧。」

雖然感覺有點冷漠，但我們問的問題他都回答了。

就算他提到了暗黑密技或暗殺技巧這類令人不安的詞彙，但包括那些在內，對擁有【調藥】天賦的我而言，依然是不可或缺的知識。

對方似乎不想再跟我們扯上關係，不過我猜我跟利利以後恐怕也沒機會再去找他了。

●

從前暗殺者ＮＰＣ那獲取了【蔭影結晶樹的種子】的發芽與培育方法後，我跟利利就登出遊戲了。

緊接著，在幾天後的現實生活中——

「哥哥！哥哥！你看！」

「美羽，妳收到高中的制服了啊。」

時序進入三月，由於升上高中之故，原本是中學三年級生的美羽比我先一步迎接春假。

而要變高中生的美羽，如今正試穿春天以後她就會頻繁使用的制服給我看。

「欸嘿嘿，很可愛吧？以前看靜姊姊穿這套的時候我就一直好想穿了。」

說完，她當場轉了一圈，輕飄飄的制服裙襬也順勢飛揚起來。

我跟美羽所就讀的學校，雖是六年一貫的完全中學，但中學部與高中部的制服款式不同。

中學部是立領學生服與水手服，高中部則換為西式套裝或學校指定的制服。

穿上西式套裝制服的美羽，看起來好像變成熟了一點。

「哥哥，我們一起自拍吧！傳給靜姊姊！」

「真是的，拿妳沒辦法耶。」

美羽一手抓著我的臂膀跟我並肩站著，另一手則伸出去拿手機自拍。

「美羽，妳這樣拍只會拍到臉而已，手機借我拿一下吧。」

「啊！對耶！先等我一下喔！」

我接過美羽的手機後稍微拿遠一點。

美羽一看到我拿起手機，就慌忙用手梳整髮型，並努力伸直背脊。

我對表情有點僵硬的美羽浮出些許苦笑，同時將她身穿制服的模樣用手機鏡頭記錄下來。

「嗯，拍好囉。」

「哥哥，謝謝你……嗯唔，我的表情好像有點僵耶。」

美羽拿回手機後，檢視剛才的自拍成果，但反應卻有點不滿。

「的確滿緊張的樣子，不過這種羞澀的感覺也不賴吧？」

「或許吧……好吧，也罷。」

說完美羽乖乖把照片存了起來，並開始輸入要傳訊的文字。

我猜她一定是在傳訊息給靜姊姊，於是便去廚房準備茶跟點心。

「美羽，入學典禮前弄髒制服就不好了，等下吃點心前先把制服換下吧。」

「嗯！我知道了！」

大概是傳完訊息了吧，只見美羽直接衝到走廊，返回自己的房間。

迅速換完裝的美羽穿了一襲家居服回來，並從我手上接過茶跟點心。

「峻哥哥，謝謝你。」

「不客氣。」

我也坐到沙發上，跟美羽一塊享受午後片刻悠閒的時光——

「喂，哥哥，如果你有空，等下要不要進OSO組隊？」

說完，美羽用楚楚可憐的目光仰望我。

「露卡多她們呢？」

「露卡她們應該也是在放春假吧，但大家上線的時段老是湊不起來。」

「不好意思，因為我跟利利有事，所以今天沒辦法跟妳組隊。」

「是喔，我知道了。既然這樣我今天只好泡在【八百萬神】的公會據點一整天囉。」

說完，美羽就拿起茶跟點心站起身，再度返回自己的房間。

超級沉迷遊戲的美羽，真的能順利通過升學考試嗎？我內心儘管擔憂但在吃完點心後一樣返回自己的房間，戴上VR裝置登入OSO的世界。

登入OSO的我，在約好的時間抵達利利所擁有的個人領域平原。

「那麼，我們來打造【蔭影結晶樹的種子】的生長環境吧！」

「「好——！」」

「好？」

聚集於此地的，是包含希奇福克在內的數名【ＯＳＯ漁會】成員。

他們配合利利的登高一呼紛紛舉起拳頭，發出吆喝聲。

我也被這股氣氛所影響輕輕舉起拳頭，但站在稍遠處旁觀的利維卻露出白眼，害我有點受到打擊。

「話說，為什麼希奇福克你們也會來這裡呢？」

「因為很閒啊，所以就來幫云跟利利的忙了。」

「啊，好的，原來如此。」

雖說是要打造【蔭影結晶樹的種子】的生長環境，但實際該怎麼進行目前尚未定案，總之有這麼多人手也算是好事吧。

當我恢復冷靜後，利利又對我搭話道。

「云云，你能幫忙準備栽種環境所需的物品嗎？」

「好啊，其實，我已經把可能會用到的東西從【加油工坊】帶過來了。」

被利利這麼一問，我邊回答邊當場取出各項道具。

「除了栽培植物用的花盆、【生命之水】、【中級肥料】，甚至連【植物營養劑】都有啊！」

「聽說溼度也是必備的條件，所以我還帶了保溼用的苔蘚及乾草一類。」

利利一邊確認我取出的道具一邊說道，然後又一副這回輪到他的自信模樣攤開一張設計圖。

「今天我們要建造的，是這間暗室栽培所喔！構造就是簡單的木製小屋，所以剛好可以給希奇奇你們當作練習！」

我看了一下他拿出的設計圖，感覺是一棟小巧的平房。

「比起直接把種子埋入植林場，果然還是先培育成幼苗後，再移到植林場等間隔栽種會更有效率。」

「原來是這樣啊。」

「那麼，我就跟希奇奇你們比賽一下誰先把屋子蓋好吧！」

「「耶!?原來你的計畫是這個喔!?」」

不理會還在吃驚的【OSO漁會】成員，利利已迅速動工了。

既然光憑利利一個人也能飛快搭起一棟木屋，對手就算多加了好幾人，建築速度也不會變快多少吧。

因此，刻意分成利利單獨一人與【ＯＳＯ漁會】成員這兩組，搞不好另有幫天賦升級的目的。

「所以說，我在旁邊觀摩就可以了嗎？」

「沒錯——！」

利利這麼說，我便暫時擱下儘管個子嬌小卻能對事先準備好的木材迅速加工的他，獨自到遠處鋪設野餐墊。

我靠在成獸化的利維身上，一旁則有懶洋洋躺著的柘榴。另外，還保持幼獸狀態的不死鳥涅希亞斯雖然輕巧地駐留在我頭頂，但我卻毫不在意地取出書本。

「那麼，為了確認我是不是有漏掉的部分，還是再翻一次書吧。」

我打開這本從ＮＰＣ藥店阿婆那買來的【中級藥師技術書】，再次找尋是否有【蔭影結晶樹】的相關資訊。

「那位前刺客ＮＰＣ曾說，像這種暗黑的技術只會透過口傳或是改寫成密碼吧。」

之前，我是以道具名稱為關鍵字優先搜尋，不過這回我改成尋找與【蔭影結晶樹】用途相近的配方。

畢竟素材名稱可能是用假的掩蓋，倘若能找到其他類似的道具，【蔭影結晶樹】或許就可當作替代素材完成那項配方。

一陣微風徐徐吹過平原，捎來了蓋房子時的鐵鎚敲擊音。我則一邊翻閱這本書，一邊搜索跟前暗殺者NPC所提示線索相近的配方。

「好，完工了！」

「「利利師傅太快了吧！」」

「喔，好像蓋好了。」

我從書頁間抬起頭，發現正如利利所宣言，一棟平房小屋已然完成。

由於還要在室內灌溉之故，小屋的地面是完全裸露的泥土，但總之要拿來暗室栽培應該是沒問題了。

「云云，我肚子餓了，幫我做點什麼吃的吧～」

「這個嘛……」

不只是利利，就連希奇福克那群新手木工都停下手邊工作，以充滿期待的閃亮目光注視著我。

我對他們的模樣露出苦笑，同時在所持道具欄裡尋找食材。

「那這樣吧，來捏飯糰好了。」

「好耶——那我要點鮭魚口味，因為我這裡有別人送的魚。」

「「「——唔喔喔喔喔！」」」

這裡有一堆男生，想必需要能填飽肚子的米食吧，我把腦中的主意說出來後，利利他們也迅速點起了自己想要的飯糰配料。

伴隨希奇福克他們的歡呼聲，那夥人搭建木造平房的速度也加快了。

儘管工程進度目前只完成了三分之一，但我可以感受出他們想在飯糰捏好前完工的強烈鬥志。

「那麼，我也動手吧。」

利利在原地弄了一張木桌出來，我則把魔法爐及食材道具一項項排列在桌面上。

至於白米，可以靠利維的水魔法迅速清洗乾淨，此外由於食客眾多，必須用上兩只土鍋同時炊飯，且在飯煮好之前也得將飯糰的配料準備完畢。

「云云，這條，是希奇奇給我的魚。」

「應該是鮭魚吧，那我先切片再炒一下。」

【ＯＳＯ漁會】裡那群喜歡釣魚的傢伙，在造船廠自製了湖釣或海釣用的小船並出航釣魚，然後又將一部分釣來的漁獲分給了利利的樣子。

我在那些漁獲中選了看似鮭魚的品種。

「喔，這傢伙還有魚卵耶，那我用醬油醃漬一下好了。」

我拿起菜刀，在【料理】天賦的輔助下，快速把那條看似鮭魚的食材殺乾淨，至於從中取出的魚卵則特別挑出來放進較深的碟子，加入醬油醃漬。

接著，將魚身剖開、切片，並放入平底鍋加入鹽、酒、味醂快炒一番。

魚肉裡的水分逐漸被炒乾，而魚片也在火力的影響下慢慢瓦解成魚鬆狀，這時我倒入些許芝麻油再炒一下就完成了。

這鮭魚鬆的香氣，讓一直在加速趕工的希奇福克他們停下了手邊的作業。

我跟利利臉上掛著苦笑往那邊望了一眼，那些人才猛然回過神來重啟工作。

「其他配料，還有用惜憂果做的梅干……」

我這麼喃喃說著，立刻感覺到有些許不滿的視線朝我投來。

那些傢伙，果然還是想吃有飽足感的東西啊。

既然這樣——

「巨型野豬五花肉捲飯糰，炸雞蛇塊飯糰、煎雞蛇蛋佐岩石蟹肉沙拉炒飯飯糰、日式烤飯糰。」

我一一列舉能帶來飽足感的飯糰菜單後──

「大家動作快啊啊啊！有飯糰在等著我們耶──！」

「「「──Yes sir！希奇福克船長！」」」

【ＯＳＯ漁會】的成員們以一絲不苟的動作恢復了原本的蓋屋速度。

真是一群毫無心機又好操縱的傢伙啊，我心裡如此想著，並為了回應他們的期盼而快馬加鞭準備手邊的飯糰配料。

緊接著，當配料都弄好時，土鍋裡的米飯也恰恰煮熟了。

我用水沾溼雙手，將鹽、海苔，以及準備好的配料加上剛出爐的米飯捏成飯糰，並一顆顆排列在盤子上。

就在這時──

「小屋完工囉──！」

「辛苦你們了。飯糰也做好囉，另外如果想喝茶，這邊的茶壺裡有。」

「「「唔喔喔喔，是飯糰耶──！」」」

希奇福克那群人露出一臉鬼氣逼人的模樣，撲向了放有各式各類飯糰的盤子。

我跟利利事先挑出自己喜歡的飯糰口味放在一起，稍微遠離那群正在搶食飯糰的【OSO漁會】成員後，再慢慢享用。

●

我跟利利用飯糰填飽肚子，也恢復了飽食度。

另一頭，則是在短時間內吞下飽足感強烈的飯糰後，正呈現大字形攤在地上痛苦不堪的希奇福克他們。

「糟糕，一口氣吃太多了……」

「是你們吃太急了吧。真是的……自作自受耶。」

我對倒在地上的希奇福克等人翻出白眼，很無奈地咕噥一句。

悠哉地享用完飯後的茶後，我們才進入後半段的作業。

「那麼，大家都已經休息過了，該來嘗試在暗室栽培【蔭影結晶樹的種子】了。」

「嗯，好呀！」

一邊伸懶腰一邊站起身，我們著手準備真正的目的——暗室栽培。

我保留下一顆種子做為將來複製所需，其餘4顆用生產箱複製的道具都拿來進行暗室栽培。

「那麼，趕緊在土裡混入【中級肥料】吧。」

「我把土裝進這邊的花盆裡喔。」

「既然這樣，我負責這邊的花盆好了。」

兩人拿鏟子將平原的泥土以及【中級肥料】送入我帶來的四個巨大花盆中，每個花盆大概都裝了八分滿。

「剩下的，就是把【蔭影結晶樹的種子】埋進去……」

只要成長到幼苗的大小，就可以從暗室移到陽光底下栽種了。

希望能平安順利地長大，我一邊暗地祈禱一邊小心翼翼地將種子埋入泥土。

「云云，接著要在澆水器裡裝滿【生命之水】吧。」

「慢著，在那之前要先在澆水器裡倒入一湯匙份的【植物營養劑】。加一點點就夠了，如果濃度太高會變成毒藥，要小心喔！」

「我明白了，云云。」

我在每個花盆裡都各埋入一顆【蔭影結晶樹的種子】，花盆的泥土表面為了保溼還鋪滿苔蘚。

「要好好吃飯～長成大樹喔～」

「這是什麼歌啊？」

利利迅速以澆水器澆灌稀釋過的【植物營養劑】，還五音不全地唱起了一首歌。

他的這副模樣，害我忍不住咯咯笑了起來，然而位於稍遠處旁觀的柘榴與涅希亞斯卻配合他的節拍搖擺身子。

等泥土都澆灌夠了，我再捧起花盆移到利利所建造的暗室栽培用小屋。

這之後只要偶爾澆點水避免乾燥，等待種子長大為幼苗，就能改種到植林場去。

再來就是等幼苗長成【蔭影結晶樹】，便可收成素材了。

「云云，還有希奇奇你們，今天很感謝大家的幫忙～」

「能吃到云親手做的美味飯糰就不虛此行了啊啊～」

栽培的作業結束了，利利向眾人道謝，還倒在地上的希奇福克他們也輕輕揮手致意。

另一方面，我的目光則投向希奇福克他們剛蓋好的小屋。

由於他們的【木工】等級還太低，小屋不像利利蓋的那棟那麼堅固，到處都有木板沒拼接好的縫隙讓光線跑進去，根本無法當暗室小屋來使用。

「利利，希奇福克他們蓋的小屋要怎麼辦？」

「唔——反正也沒有用處，不如直接拆掉吧。」

「既然這樣，充當倉庫間，給我放今天帶來的多餘花盆或【中級肥料】好嗎？」

「好啊。那樣聽起來也不錯！」

我獲得利利的許可後，將剛才暗室栽培用剩的道具搬到希奇福克他們建造的小屋裡，並稍加整理。

那之後，我繼續悠哉地閱讀【中級藥師技術書】，利利則興匆匆地將我帶來的【植物營養劑】稀釋過後帶去植林場澆灌。

原本倒在地上的希奇福克他們這時也消化完畢爬起身，紛紛取出木材製作起個人專用的釣竿等，讓這裡搖身變為一個氣氛獨特的空間。

但就在此刻，前去植林場澆水的利利又慌張跑回來。

「云云，剛才庫洛洛聯絡我，他好像想帶人過來耶。」

「耶，真稀奇啊。」

「我得出去迎接一下才行！」

說完，利利就小跑步離開了，我則目送他的背影，以及從他肩上先一步緩緩飛走的涅希亞斯。

接著，我悄悄闔上書本，為了準備泡茶而當場燒起熱水。

不久後，我看見利利帶回來的那群玩家面孔，不禁感到意外。

「賽伊姊，還有御雷神、庫洛德。另外那個人……是繆？」

這罕見的組合令我瞪大雙眼，而原本彷彿躲在賽伊姊背後的繆，一看到我就輕輕揮著手。

這下子訪客比我預期還要多了，我一邊計算人數一邊多準備幾個茶杯，同時豎耳傾聽他們的談話。

「所以，庫洛洛帶御雷雷妳們過來做什麼呢？」

御雷神和庫洛德正好奇地遠眺孤立在平原上的兩棟小屋時，利利率直地拋出疑問。

「哎，只是覺得春假太閒了，所以才過來約你們，看要不要來場ＧＶＧ啊。」

對於若無其事如此答道的御雷神，賽伊姊在旁補充。

「我們預定要進行共計三十人的滿員 Raid 戰訓練，因此才到處問熟悉的玩家們要不要參加。云你們意下如何呢？」

說完，賽伊姊臉上浮現了好似很困窘的微笑。

站在她背後的繆，則以充滿期待的閃亮雙眼凝視著我。

「呃，我對這種活動沒什麼興趣耶，更何況我們原本就是生產角色啊。」

「我是生產角色我也有同感～」

「至於我們只是單純的漁夫罷了，對PVP或GVG什麼的都不感興趣。」

我跟利利、希奇福克都表達了不參加的意思，御雷神聽了很窘地搔搔頭但依然試圖說服我們。

「老實說，我們遇到了人數不足的麻煩。唔，因為在準備階段就碰上了玩家們上線時間難以掌握的各種狀況，再這樣下去，這項企劃可能要胎死腹中了。」

「嗯，這也是大型公會的難處吧，得不斷想一些有趣的活動凝聚大家。」

語畢，會長御雷神和副會長賽伊姊都很難得地嘆了口氣。

「到現在還沒找到下一個公會遠征的目標，而PVP或小隊同伴的戰鬥訓練也差不多玩膩了，結果想辦更大規模的GVG又窒礙難行。」

大規模活動的提議感覺也失敗了，御雷神無奈地咕噥道。

我跟利利、希奇福克雖然沒有參加的意思，但看御雷神她們這副可憐的模樣不禁有點心軟而說溜了嘴。

「好吧，如果只是稍微幫忙一下或許可以？」

「既然云云都這麼說了，我也稍微參加一下好了……」

「唉，我會去問我的公會裡有沒有人想參加。偶爾觀摩觀摩大型公會的活動也不錯。」

我們紛紛如此說道，結果聽了這些超不積極的參加聲明後——

「真的太感謝你們了！雖說公會裡高等的戰鬥玩家們都對活動躍躍欲試，但下層的玩家因為等級太低怕打不贏都裹足不前哩。」

「那麼關於規則的部分，有辦法讓兩隊的戰力盡量保持均衡嗎？」

「基本上，【八百萬神】會派五支小隊的人數參加，並分為三跟二兩組，至於公會以外的三十名參加玩家，我打算視狀況巧妙地分配下去。」

只是，【八百萬神】的精銳最多只能組成一支小隊，也就是其中有一組戰力會較不利吧。

然而，或許還可以透過規則之類的方式調整戰力平衡，所以我還是默默地聽下去。

這時，賽伊姊再度代替御雷神補充說明。

「關於規則方面，並不是採取一般的ＨＰ制，而是每位玩家擁有30點的點數制。」

傷害計算是這樣的，只要受到有效打擊就會扣1點，而被打到要害或承受爆擊、受到巨大損傷時則要扣3點。

至於恢復道具，ＧＶＧ用的藥水每名玩家最多配給2瓶，恢復量一律都是5點。

各隊最多可以指定三名擔任【醫護兵】角色的玩家，除了那些玩家以外，禁止使用恢復魔法，而恢復魔法的效果一次一律為10點。另外，每位玩家最多只能接受一次恢復魔法的治療。

在其他許多細節上，御雷神等人似乎也思考了各式各樣的規則，以盡量彌平玩家間的等級差距。

「簡單說，ＧＶＧ的暫定規則就很接近打漆彈的生存遊戲。」

「我們有仔細思考如何不讓高耐久的玩家太有利，也要盡量預防陷入漫長的泥淖戰。剩下的問題，就是我們這些魔法師的ＭＰ數字該怎麼調整，預定要用測試戰決定。」

然而，我們這些公會外的人果然還是會對戰力的差距感到不安，至今為止一直站在賽伊姊背後的繆這時出聲了。

「因為我也會參加，云姊姊要加油喔！」

「繆果然也要參加嗎？不過，我們只是生產角色耶。」

像我這種雜兵去參戰GVG什麼的，腦中只會浮現自己一上陣瞬間被幹掉的畫面而已。

關於這點，木工師利利和水中戰專家希奇福克應該也好不到哪去吧。

為了內心懷抱這種不安的我們，從剛才就一直保持沉默的庫洛德對御雷神她們提議道。

「我可以說一句話嗎？」

「庫洛仔，什麼事？」

「既然難得有生產角色參加，要不要乾脆去取得戰鬥前在原野上構築陣地的許可呢？」

「構築陣地啊。的確，這比直接在空地上廝殺更有戰略性應該會很有趣。我支持！只是，範圍必須限定在各陣營陣地的半徑一百公尺內，沒問題吧？」

「那樣就夠大了。」

當庫洛德在增補ＧＶＧ混入生產角色後能更有利的新規則時，御雷神似乎也有自己的盤算。

「哎，光是讓三十名戰鬥角色玩家正面互毆未免太無趣了，不如讓庫洛仔提出一些非戰鬥角色玩家也能活躍的方針吧。」

「關於這點，就請云跟利利他們滿足妳的期待吧！」

「怎麼把苦差事都丟過來啊！」

「好的——我會全力幫忙喔！」

我反射性地吐槽道，但利利卻充滿活力地一口答應下來。其實聽了剛才御雷神跟庫洛德的對話，我對原先很不感興趣的ＧＶＧ也改變想法了。

為了讓生產角色有更多活躍、享受遊戲樂趣的場面，並對不只是我、而是全體生產角色提示新的可能性，我暗中對這項活動鼓起了鬥志。

過了三天後——

「是ＧＶＧ詳細說明的郵件啊。」

我為了補充【加油工坊】的商品而正在生產藥水時，御雷神透過好友通訊寄了一封信過來。

我暫停手邊的作業順便休息一下，並將郵件內容瀏覽一遍。

關於兩隊的分組方式，其中一支是以【八百萬神】公會精銳的3小隊為主，由御雷神、賽伊姊所率領的隊伍。

至於另外一支，則包含戰力稍嫌不安的我，以及繆、利利、庫洛德、希奇福克這五人在內的隊伍。

GVG的舉辦場地，是向遊戲官方申請後特別取得的森林地形GVG專用原野，至於舉辦時間，則是約一週後的晚上九點。

信的內容還寫明了更細部的規則以及其他像是勝利條件等等。

「呼，勝利條件，是將對手的隊伍全滅，或是占領對方據點十分鐘以上，不然就是時間結束時剩下的總點數超過對手。」

限時一小時的GVG，必須同時兼顧據點的壓制與防衛這兩項任務，並設法達成前述的勝利條件。

「我們真的有勝算嗎？」

我被分到後面那支戰力讓人頗為不安的隊伍，雖說勝算不大但還是得好好思考、展現出生產角色能在戰鬥中活躍的方針。

然而，這時的我又收到了另一封新的信。

「呃……『以打倒御雷神與【八百萬神】為目標的作戰會議通知』。寄件者是──庫洛德啊。」

才剛收到御雷神的信沒多久，庫洛德就寄信叫我去開會，於是我聯絡跟我分在同一支隊伍的繆。

「云姊姊，妳準備好了嗎？」

「是啊，那我們出發吧。」

庫洛德指定的會議地點，是位於【八百萬神】公會所申請的ＧＶＧ專用原野裡、那處屬於我方的陣地。

儘管作戰會議是在晚上九點才召開，但我跟繆還是透過【加油工坊】的迷你傳送點提早移動過去。

「我們這邊的人馬，大多都到齊了啊。」

被庫洛德叫來的玩家們，包括我跟繆在內已經聚集了二十人，大家三五成群彼此談笑著。

至於我跟繆則待在不會妨礙他人的位置，等待會議正式開始。

在預定的時間之前，雖說沒有全員到齊但也來了二十四名參加者，這時庫洛德走到全體玩家面前。

「那麼，我們開始打倒【八百萬神】公會精銳部隊的作戰會議吧。剩下的這一個禮拜準備是否充分，將成為關鍵。」

庫洛德這麼表示，並宣布會議開始。

「請先等一下。」

結果有位玩家在這時叫住庫洛德。

他是隸屬【八百萬神】公會的精銳成員之一。

身為少數被分到我們這邊【八百萬神】成員代表，他往前踏出一步對庫洛德問道。

「你是真的想打倒御雷神那一隊嗎？要怎麼做才能獲勝？」

這個疑問，可算是代為說出了我們這方所有成員的心聲。

此外，或許我們這邊戰力最堅強的那【八百萬神】十二名成員根本無法倚賴也說不定。

不穩的氣氛開始瀰漫，然而庫洛德只是淡淡地答道。

「企圖正面戰鬥打倒對手太困難了，不過，以我們現有的陣容想獲勝也不是絕不可能。」

「具體的辦法是？」

「剩下這週要拜託生產角色玩家出力提高據點的防禦力，使敵方占領十分鐘這個勝利條件的難度變高。另外，在允許雙方事先打造防禦工事的陣地半徑一百公尺以內，也必須大量設置陷阱與道具，從戰鬥一開始就在森林原野發揮作用。合併使用魔法與道具在森林各處建立起臨時據點，可以讓我方掌握地形上的優勢，並帶給對手壓力，等對手防線變弱時，我們就趁機壓制據點取得完全勝利，這是我的作戰計畫之一。」

剛好，我們這邊有木工師跟他的徒弟——庫洛德這麼對利利使了個眼色，利利也充滿自信地點點頭。

「那只限我方攻擊順利的情況吧。更何況御雷神他們也會採取類似的行動，甚至進行反擊，所以我方不可能那麼順利的。」

我聽著聽著，也覺得這個計畫的估算太過樂觀。

然而，【八百萬神】公會的代表玩家儘管口頭上反駁，臉上卻浮現了笑意。

「——但話又說回來，你的計畫讓人鬥志昂揚感覺很有意思！只要能打倒御雷神他們，要我們幫什麼都沒問題！」

「那當然囉。就是為了這個才把大家聚集起來，希望能發揮眾人的智慧提出各式各樣致勝的點子！」

庫洛德說完後，以他為中心，大家紛紛提出可能的攻擊作戰、防禦作戰、不牴觸規則的道具使用法與戰術，以及任務分配等意見，並熱烈地討論起來。

無論是聽來多麼愚蠢、微不足道的提案，大家都樂意洗耳恭聽，且絕不任意否定。

「我有個主意！舉例來說，把對手的恢復道具偷偷掉包成毒藥怎麼樣？」

「這點子真有趣！反正在其他地方也可能派上用場，那好，就事先預備一下毒藥吧！」

站在我身邊的繆一時興起所提出的點子，內容也被寫在紙上了。

「對了，云姊姊也幫忙出主意吧。」

「好、好吧。」

我雖然不擅長發言，但因為一旁的繆慫恿我，我只好舉起手。

「庫洛德……」

「云也有好點子嗎？」

我吞吞吐吐地試圖發言，其他玩家們都陷入沉默，將視線集中到我這邊。

「云姊姊，加油。」

眾人投來的視線害我緊張兮兮，我在一旁低聲打氣的繆鼓舞下，努力擠出了一個點子。

「讓大家都攜帶防禦用的道具，這個點子如何？以現有的規則而言，減輕傷害量的道具恐怕效果有限，還是攻擊無效類的道具比較妥當。」

「云，妳有辦法弄來那種東西嗎？」

「啊，嗯。有一種道具叫【驅魔的結界片】，只要有素材我就能製作。雖說那也只能讓威力弱的魔法攻擊失效就是了。」

「這個點子很好，採行！畢竟雙方的恢復道具都是有數量限制的！在魔法攻擊方面為了有效率製造傷害，比起威力應該會更重視攻擊次數，所以這種防禦策略能派上用場。」

聽了庫洛德的回應，我才鬆了口氣。

那之後，不論是否可行，大家又提出了各種點子，並不時回頭將類似的主意統整在一塊。

「總之，今天就先大致以這些點子為主軸考量作戰計畫。另外我會負責聯絡不克參加本次作戰會議的六名同伴，如果還有新的點子，大家都可以隨時提出喔！」

「那我們就立刻著手建造據點的城牆吧！」

「假使有什麼需要的素材，我們這些戰鬥角色會一邊升級一邊幫忙收集的！」

庫洛德、利利、繆紛紛率先行動起來。

有些玩家配合他們貢獻一己之力，並努力進行升級。

有些玩家則在作戰會議結束後，討論完將來的預定行程就登出遊戲。

與這回不在場的玩家取得聯繫後，總數三十人的隊伍就要為了ＧＶＧ的勝利而全體動員起來。

「庫洛德，那我先回【加油工坊】一趟準備消耗品喔。」

「好的，麻煩你了。」

我為了準備消耗品，從ＧＶＧ原野據點的傳送點跳躍到【加油工坊】的工作區，並著手湊齊方才作戰會議上列舉的道具名單。

第二章　ＰＫ公會與對人戰的訣竅

根據ＧＶＧ的規則，除了配給藥水以外的ＨＰ、ＭＰ恢復道具全部禁止使用，因此ＭＰ的恢復手段是大為受限的。

以上述規則為基準，我使用隊伍同伴們送來的素材，著手準備各種異常狀態藥、異常狀態恢復藥，以及防禦道具【驅魔的結界片】。

「除此之外，我還有什麼能做的嗎？」

「啾～」

「啊啊，栢榴，不必露出那麼擔心的表情啦。」

我對栢榴這麼說，一邊補充自己要使用的箭矢，以及跟異常狀態藥合成過的箭，還有像【炸彈】跟【泥土盾】這兩種魔法寶石等的消耗道具也另外準備，同時我心裡思考著。

這回的GVG規則是採取點數制，因此像使役獸或合成獸這類的額外戰力也是被禁用的。

就算是合成獸只要數量夠多，集合全體的微弱攻擊還是足以削減對手的點數，讓戰局有機會朝對自己有利的方向發展。

然而，這回的規則禁止使用使役獸等額外戰力，因此玩家個人的能力就顯得重要了。

因此，隊伍裡的戰鬥角色玩家們，在戰法上必須考慮到有限的消耗道具，並檢驗哪種程度的攻擊能在GVG的規則底下被判定為有效。

「我很不擅長對其他玩家的戰鬥哩，到底該怎麼打才好啊。」

距離GVG開幕剩下不到五天了，除了生產以外的貢獻方式我一點都想不出來，心底感到煩悶不堪。

就在這時我的選單上跳出了利利的好友通訊。

『云云！【蔭影結晶樹】已經長大了，等下要確認可以採取的素材，妳要不要過來一趟？庫洛洛也會到喔！』

「知道了，我馬上過去。」

我為了順便轉換一下心情立刻答應利利的邀約，於是便帶著利維和柘榴，前往利利持有的【個人領域】平原上。

「喂——！在這邊喔～！」

我望著利利揮手呼喊的方向，在他背後的暗室栽培小屋旁，已經有四株黑色的樹木並排著。

「利利，謝謝你找我過來。所以說，那些樹木就是……」

「就是【蔭影結晶樹】喔！之前播種的都順利長大了，我已經把四棵都改種到平原上！」

我聽利利這麼說，便仰望那些生有黑色纖維狀樹皮的樹木，發現樹頂有類似塊狀纖維質的種子。

「已經有好幾顆種子從樹上掉下來，都被我拿去暗室種了。」

「是喔。既然這樣，素材應該可以穩定供給了吧。」

雖說叫【蔭影結晶樹】，但我所仰望的這種纖維狀樹皮黑色植物，完全找不出任何結晶的要素在內。

在這些樹的周圍，大概是光線被吸收的緣故感覺日照稍微變弱了，氣溫也涼爽不少。

在酷暑時，若是能靠著這種樹睡午覺應該會很舒適吧，我不禁想像那種畫面。

「總之，先去採取能用於生產的素材吧。」

「云云，你知道是哪些嗎？」

「能用的，應該就是樹葉、樹汁，以及樹皮吧。」

我一邊回憶自前暗殺者ＮＰＣ那打聽來的情報，一邊將【中級藥師技術書】上所記載、從這種樹採取可用素材的方式教給利利。

「我去收集樹葉跟樹汁，那樹皮就拜託利利囉。」

「嗯，包在我身上！」

只見利利以刃器將縱向排列的纖維狀樹皮從中攔腰切斷，並透過切開的縫隙一口氣剝下縱向生長的纖維狀樹皮。

由於剝太多樹皮會影響樹木的生長，所以必須適可而止。

「那麼，我就來取葉子跟樹汁吧。」

我在腰際掛上一個小籃子，切換為【登山】天賦，開始爬樹。

爬到粗枝上後，我用手摘取顏色濃郁的樹葉，一一放入腰際的籃中。

【蔭影結晶樹】的葉子，經過煮沸就能成為染料的素材，我打算先行加工再交給庫洛德。

那麼，關於樹汁的收集方式嘛——

「利利，等下會有點危險，你稍微站開一點！」

「知道了！」

我尋找能插入藥水瓶瓶口的細枝，並以菜刀切除細枝的前端。

然後，使切斷的細枝剖面朝下，並插入藥水瓶當中，再以鐵絲將瓶子固定住。

這麼一來，黑紫色的汁液就會緩緩從樹枝剖面滲透出來，一點一滴累積在藥水瓶裡。

「唔喔哇，云云，妳好厲害喔！」

「還可以啦！因為一根樹枝能收集到的量並不多，必須在不同的地方多綁上幾瓶才行喔！」

我這麼說道，一邊摘取染料要用的葉子，一邊將合適的樹枝前端切除並插入藥水瓶，藉以收集樹汁。

利利似乎也大致將樹皮纖維收集完畢了，還堆成了一座小山。

由於我摘下了許多顏色濃郁的葉子，再加上各處樹枝又吊掛著藥水瓶，這都讓【蔭影結晶樹】的模樣變得很奇妙。

「呼，累死了。云云，辛苦妳啦。」

「利利也辛苦了。樹汁要滴下來得花上不少時間，所以我打算先用葉子製作染料，利利認為呢？」

我一邊用利維發射的水球清洗【蔭影結晶樹】的樹葉，一邊詢問利利。

「唔——我這部分的加工因為有點難，恐怕得先找庫洛洛幫忙一下才行了。」

雖說是纖維質的樹皮，但質地就像是一塊用細緻纖維組成的堅固毛氈。若是想把這種樹皮加工成繩索，就得先設法讓纖維分解開來才行。

「那麼，你要拿去給庫洛德嗎？」

「我先用好友通訊聯絡他看看。」

利利說完，就當場跟庫洛德進行聯繫。

我則取出魔法爐，將水洗過的【蔭影結晶樹】葉子放進大鍋裡煮。

「啊，氣味意外地香呢，感覺好像有點甜甜的？」

在甘美香氣伴隨著水蒸氣升起的大鍋四周，利維、柘榴與涅希亞斯都不禁聚集過來，興匆匆地在我身邊打轉。

「葉子的顏色好像已經熬煮出來了，這種原料到底該煮多久啊。」

原本深綠色的樹葉，經過持續熬煮後，逐漸變成色素被抽掉的淺綠。

「我稍微驗證一下好了。」

我將筆記本的紙剪成試紙狀，並拿一片泡入充滿樹葉色素的熱水，結果紙吸收了看似黑漆漆的熱水並染上近乎黑色的墨綠。

「只要稍微把水分煮乾，應該就能當染料使用了吧？反正如果太濃，加點水進去調整濃度就行了，再說這種液體應該不會有毒吧。」

我用網目狀的篩子撈掉在熱水裡翻滾的褪色樹葉，並為了預防燒焦而減弱火力，繼續煮乾水分。

過了一會我試著舔了舔鍋裡的熱水，在強烈的青草味中帶有些許的甘甜。

「云云，庫洛洛說他待會就過來。另外，他為了跟我們討論ＧＶＧ的事好像還會帶茶跟點心喔。」

「知道了。託他的福，我省事不少啊。」

我打心底對庫洛德的貼心感到高興，此外在避免燒焦的前提下，繼續煮乾那鍋含有色素的熱水後，液體的道具名稱也改變了。

蔭影濃綠染料【消耗品】

從【蔭影結晶樹】葉子萃取的深綠色染料。

用這種染料染過的衣物，會自然具備夜色的幽暗，做為迷彩染料的一種，被獵人們視為珍寶。

我把顏色變得比剛才更深的那鍋染料自火源上移開，等待它自然冷卻。

接著，又過了一會，庫洛德帶著他的夥伴——幸運貓襪子一起抵達了。

「庫洛德，歡迎光臨。這裡有樹皮要麻煩你加工了。」

「那麼，我先收下了。」

利利出面迎接，並迅速把堆積如山的【蔭影結晶樹】樹皮交出去。

「庫洛德，這麼大量的樹皮一次應該無法全部加工完畢吧？」

「對啊，我還得先調查一下它的性質。恐怕在ＧＶＧ開幕以前是趕不上著手加工了。」

庫洛德說完，將大量的【蔭影結晶樹】樹皮收進所持道具欄。

這時，眼尖的他發現了正在等待冷卻的大鍋。

「那邊那口大鍋裡的液體，是【蔭影結晶樹】的染料吧，可以分我一些嗎？」

「先等冷卻後移到其他容器再說吧。」

我這麼回答道。在等待大鍋冷卻，及切斷的樹枝前端滲出的樹汁累積足夠前，我們決定先跟庫洛德一塊小憩並享受茶點。

「庫洛洛，驗證GVG規則下的攻擊已經完成了嗎？」

至於休憩時的話題，當然就是正在如火如荼準備中的GVG事宜。

「那部分已經做完了。由於戰鬥是點數制，所以ATK數值的重要性相對下降了。」

「是嗎？那是不是要換成讓ATK大幅削減的裝備比較好？」

「那也不能一概而論。」

庫洛德輕嘆一口氣又啜飲茶，我則等他繼續說完。

「ATK越高，擊退效果的威力也會越強。況且，只要攻擊時的ATK在一定值以上，就會判定為嚴重傷害使對方損失3點。」

「咦，原來如此啊。」

「其他的驗證結果還有，只要DEF夠高，遇到半吊子的出招就不會被判定為有效攻擊。其他像是想鎖定要害攻擊跟DEX有關，而爆擊則與LUK數值有關，至於防禦方面的格擋與迴避，也確定只要SPEED和DEX越高就會越有效。」

聽到這些跟傷害判定相關的驗證，我只能不住地點頭。

看我好像能接受這些驗證的結果，庫洛德又拜託我一件事。

「那麼，根據剛才那些檢驗的結果，我想請云再額外製作一些道具。」

「無妨啦，是什麼道具呢？」

「強化藥丸。需要的種類是能讓ＳＰＥＥＤ上升的，而且可以設法使有效時間越長越好嗎？這樣可以減少在ＧＶＧ當中的服用次數。」

聽了庫洛德的需求，我開始思考合用的素材。

要讓ＳＰＥＥＤ上升的強化藥丸效果提高，就必須使用去毒的飛龍肉。

「可以使用飛龍肉滿足ＧＶＧ的需求，不過你比較想要效果三十分鐘還是六十分鐘的？」

「既然這樣考量到效果多寡，還是請妳做三十分鐘的吧。附帶問一下，有效時間尚未結束前再次服用會怎麼樣？」

「既然效果還在，就只會直接覆蓋過去而已。包含預備的藥在內，一人製作４顆總數１２０顆應該夠了吧。」

「那就有勞你了。」

至於必要的素材，庫洛德表示GVG的隊友們會在升級時順便去狩獵飛龍。

就這樣，我接下了庫洛德額外追加的道具訂單。

當我在腦內計算需要的素材數量並回想生產步驟時，一個突然浮現的疑惑讓我忍不住問起庫洛德。

「對了，附魔石有需要嗎？不但可以跟強化藥丸疊加效果，CP值又很高，準備起來也簡便哩。」

「附魔的話，因為使用技能時會發光，在GVG戰鬥中反而會變得太過顯眼。」

原來如此，我知道他婉拒的理由了。既然這樣，或許我也該重新思考一下適合GVG使用的技能才行了。

在經常發生遭遇戰的場合中，使用附魔技能時的發光會暴露自身位置，這可是一大問題。

「既然如此能使用的，就是攻擊類技能以及使對手弱化的【咒加】類技能而已了。」

「【咒加】的發光雖是暗色，但對手要標記我方位置時還是有用喔。」

我一邊聽庫洛德的發言，一邊將冷卻的【蔭影濃綠染料】改裝入一升瓶裡。

大鍋的染料可裝滿兩只一升瓶，我將其中之一遞給庫洛德，另外一瓶則保留給自己用。

「呼嗯。看來染料的部分，應該可以比樹皮纖維更快取得成果吧。」

「哈啊，還是不要抱太大的期待比較好喔。」

我這麼說道，正打算為了檢查樹汁的收集情況而爬上樹木時——

「云云，妳一直爬樹太危險了！我幫妳做把梯子，妳稍微等我一下！」

「啊，對喔。還有那種工具嘛。」

利利這出乎意料的建議，讓我慚愧地搔搔後腦，我決定耐心等待利利把梯子做好。

接著，我爬上剛完成的梯子，檢查被樹枝剖面插入的藥水瓶，發現瓶內大概累積了三分之一滿的樹汁。

我把為了避免瓶子掉落而小心固定好的鐵絲從樹枝上解開，結果從樹枝剖面滲出的液體已經凝固了，變成黑色結晶狀的物質。

結晶的體積約有小顆寶石那麼大，只要用手指輕輕劃過，就能從樹枝上取下。

「云云，順利拿下來了嗎？」

「是啊，我已經先回收一顆了！」

我將裝有【蔭影樹液】與【蔭影結晶樹脂】的藥水瓶拿下來。

從剖面流出的樹汁凝固後會變成宛如寶石的結晶狀樹脂，這就是結晶樹這個名稱的由來吧，我一邊想著這件事一邊檢查其他藥水瓶的收集情形。

最後，所有的藥水瓶都回收完畢了，將【蔭影樹液】集中倒在一起，能裝滿14瓶的分量，而【蔭影結晶樹脂】則有40顆。

這當中的一半由我跟利利平分。

「那麼，恕我先告辭了。我還得去聯絡其他GVG的成員商量事情才行。」

「庫洛洛，謝謝你專程跑一趟！我也會找希奇福克他們一塊進行準備的！」

「那我也回去生產GVG要用的道具訂單了。」

就這樣，我把【蔭影結晶樹】的素材帶回去後，再度躲進【加油工坊】的工作區埋首作業。

與庫洛德他們道別並返回【加油工坊】後，我使用剛送來的飛龍肉製作強化藥丸。

將飛龍肉裡的毒腺摘除，接著，把肉切成薄片並透過【調藥】技能讓肉脫水變成肉乾的狀態。

另外再把粉碎後的藥石混合進去，稍微摻了一點【生命之水】後揉成一團。

最後，把外觀修整一下就大功告成了。

強化藥丸（飛龍）【消耗品】
SPEED＋12／10分鐘
以飛龍為素材製作的藥丸。

這跟預設的效果數值很接近了，不過配方裡的藥石也可以試著用【岩漿熊的膽】代替，或為了延長有效時間而少量加入【雌雄風茄】、【活力樹的果實】、【卡爾可可果實】等額外素材，總之我進行各種嘗試設法延長時效。

最後，我發現加入少量雄風茄與活力樹的果實榨汁，能獲得延長時效的最佳成果。

強化藥丸（飛龍）【消耗品】
SPEED＋8／30分鐘
以飛龍為素材製作的藥丸。

就像這樣，我完成了符合庫洛德訂單需求的強化藥丸。

接著，我著手進行【中級藥師技術書】所記載的另一種配方。

「這種配方，好像比飛龍肉做的強化藥丸更簡單啊。」

我拿出底霜，這是以木蠟、蜜蠟、【二乃山茶】種子萃取油，以及生命之水混製而成的。

這些底霜我過去曾大量生產並儲放起來，只要再混入不同的素材，就能搖身變為具備屬性耐性的【屬性軟膏】了。

然而，我這回要混合底霜的卻是【蔭影樹液】。

將保存在藥水瓶裡的【蔭影樹液】取出6瓶的量倒入小鍋中，並以弱火進行加熱。

起初質地感覺有點稠的樹汁，經過略微熬煮後黏性更增加了，顏色也變得越來越深。

等黏性提高到適當的程度，我將樹汁從火上拿開待其慢慢冷卻。

這種狀態下的樹液，能發揮【木工】在收尾製品時所需塗上的清漆與硬化劑效果，對木工師而言是一種相當器重的道具。

然而，我卻將冷卻的樹汁換裝到小碗中，並將底霜加進去混合。

黏性高的樹液與底霜混合時，只見黑色與白色逐漸融合為一，最後變成灰綠色的稀薄軟膏。

「唔——這樣可能有點太稀了吧，或許該稍微加一點蠟進去。」

我將扮演安定劑角色的蠟，以稍微融化的狀態加進去混合。

這時，質地較為濃稠的軟膏終於從小碗中誕生了，我將這些軟膏分裝到五百圓硬幣大小且厚度約一公分的容器裡。

跟【屬性軟膏】相較，這種藥就算只塗少量也能發揮效果，且光是一個容器的量就能用10次，量產起來意外地輕鬆。

「那麼，最後一個步驟──【魔力賦予】！」

我用雙手遮著目標，對那灰綠色的軟膏發動EX技能【魔力賦予】。

被MP注入的灰綠色軟膏顏色徐徐加深，最後變成了黑色的軟膏。

夜視軟膏【消耗品】
追加效果：【夜視3】／60分鐘

我用指尖沾起一點質地稍稍變硬的軟膏。

將指尖上的軟膏少量塗抹在眼皮上與眼睛下方，應該就能暫時得到夜視的效果了，只可惜已經具備【千里眼】的我，夜視能力還在【夜視軟膏】的效果之上，所以這麼做毫無意義。

「好吧，總之這些應該就有十人份的量了，不過還得再多做一點才夠。」

說完，我將剛完成的【夜視軟膏】與飛龍的強化藥丸，一起收進所持道具欄。

剛才全心全力投入生產的我，這時一口氣卸下肩膀的重荷，但另一個想法隨即湧上心頭。

「果然，我唯一能幫上忙的地方就只有生產而已啊。」

實際為了ＧＶＧ的準備工作埋頭苦幹後，這樣的念頭反而越來越強烈了。

身為生產角色，被他人要求高度的生產技術也算是一件可喜之事，然而像是在ＧＶＧ裡示範生產角色的戰鬥方針這種要求，可能就是過度奢侈的一種期望了。

「更何況對手可是那個御雷神啊……」

過去在升級【異常狀態耐性】類的天賦時我曾跟她交過手，覺得一丁點打贏的機率都沒有。

由御雷神等人率領的【八百萬神】精銳們，會以實力強行打破我方戰鬥計畫的想像，在我心中越發清晰可見了。

「呼，不管了先休息一下。一直想著那些負面的事也毫無幫助啊。」

我嘆了口氣，返回【加油工坊】的店面，大概是閒著沒事幹的緣故，利維和柘榴都來撒嬌了。

「哈啊，感覺整個人都被治癒了。都是因為扯上ＰＶＰ還ＧＶＧ什麼的，才多了那麼多無謂的煩惱。」

我的玩法並不是把重心放在對人戰鬥上。協助GVG的準備工作或提供道具我可以，但剩餘的事還是交給擅長戰鬥的玩家負責吧。

這樣應該無妨才對……

「果然，都已經參加了，不戰鬥到最後感覺也很奇怪啊。」

我對自己在這種奇怪的地方認真嘆了口氣，同時幫幼獸狀態的利維和柘榴梳理毛髮。

在這種悠閒的空間底下，突然有客人光臨【加油工坊】，利維馬上銜起柘榴以幻術隱蔽起來。

面對普通來客幾乎不會閃躲的利維，這回卻迅速做出反應，我不禁狐疑地微微歪著腦袋並望向【加油工坊】的入口，結果兩人一組的玩家恰好走了進來。

「【加油工坊】的老闆，今天也要拜託妳了。」

「等下還得去宰殺玩家們，所以想來討點消耗品啊。」

「真是的……在我的店裡不要說那些恐怖的臺詞好嗎？」

我站起身，對走進店門的雙人組——【地獄烈火隊】公會的弗萊恩與托比亞白了一眼。

弗萊恩過去是對周遭人帶來巨大困擾、宛如狂犬般的ＯＳＯ最凶悍ＰＫ玩家。

然而最近，他已不再那麼猖狂，做為一種適度的刺激要素，他在ＯＳＯ內的ＰＫ行為已開始被一部分人所接受。

如果真要問起來，我完全無法理解ＰＫ有趣在哪，所以要歸入否定派。但他只要不在我店裡鬧事，我也不會拒絕這位客人。

因此，弗萊恩他們不時會來【加油工坊】補充消耗品。

「最近，企圖鎖定我的ＰＫＫ越來越多了，我每天都過得好充實啊！」

弗萊恩自己給自己增加懸賞金，掀起其他玩家們的競爭心理，有時也會主動挑釁其他ＰＫ。

今天，他的心情似乎非常愉快。

「那麼，云小姐，請給我平時那些藥水。」

「好好好，我記得還包括【地獄烈火隊】其餘成員所需的數量對吧。」

我姑且還是對托比亞進行確認，然後才拿出要賣給弗萊恩他們的藥水。

弗萊恩他們，由於身為ＰＫ之故，不但要鎖定他人、同時也是他人鎖定的目標，因此堅守的方針就是絕不購買【復活藥】。

也由於這個理由，他們除了藥水等恢復道具外，還需要大量的數值輔助強化藥丸與附魔石，甚至偶爾還會買些純逗趣的搞笑道具等，意外地是好客戶呢。

「那個，我突然想到一件事……」

當我正在打開櫃檯後方收納商品的道具箱時，嘴裡漫不經心地朝長期進行對人戰鬥的弗萊恩與托比亞問了一句。

「對人戰鬥的訣竅，包含了哪些呢？」

在準備跟御雷神的GVG途中要是能得到一點提示就好了——我因為這麼想才會在閒聊裡隨口插上一句。

然而，弗萊恩卻頓時發出足以令人毛骨悚然的殺氣。

我從櫃檯後方探出頭看了弗萊恩一眼，只見他嘴角上揚的凶暴笑臉就浮現在我面前。

「【加油工坊】的老闆，妳是為了想收拾我們才特地打探我們的弱點嗎？真是太有趣了啊！」

「不是、不是啦！你們誤會了！我可沒有襲擊弗萊恩你們的打算！那種事我連想都沒想過！」

我慌忙予以否定，但弗萊恩依然繼續施放強烈殺氣，一副隨時都要撲過來的模樣，幸好托比亞把手放在他的肩上制止他。

「冷靜點，云小姐並沒有跟我們敵對的理由啊。」

「對，沒錯沒錯！」

「總之，妳先把問那個問題的理由說出來，不然我們很難釋懷啊。」

「啐，真沒辦法啊。」

被托比亞成功說服的弗萊恩，在咂舌一聲後按捺下殺氣。

然而，他臉上的凶暴笑容依舊，彷彿在對我施加快說出理由的無言壓力。

「呃，是這樣的。不久後我要參加三十人對三十人的ＧＶＧ活動，所以想請教對人戰的時候該怎麼行動才好？希望能做為參考……」

在弗萊恩的瞪視下，我整個人縮成一團，弗萊恩見狀用鼻子哼了一聲。

「哼，對手是誰？」

「呃……是御雷神那些人。」

「喔呵，是那傢伙啊。」

聽到御雷神的名字，弗萊恩臉上凶暴的笑意消失了，他不但變得面無表情且眼神也犀利起來。

「弗萊恩，怎麼樣？你打算教導云小姐對人戰的訣竅嗎？」

「嗯，我們教出來的徒弟要是能打敗御雷神也算是樂事一樁……不過我拒絕。」

結果，弗萊恩斬釘截鐵地拒絕了。

「不行嗎？那麼，用口頭指導我一下應該可以吧？」

我這麼拜託道，但弗萊恩卻似乎很不悅地扭曲著一張臉，托比亞則掩著口把頭撇開。

「啐，真拿妳沒辦法，我只說一次喔。」

「弗萊恩，謝謝你！」

「不論是PK或PVP，對人戰的訣竅都是——不斷採取讓對手不舒服的行動。」

「呃，我想保持堂堂正正的精神——『才沒有那種東西哩！』——啊，好吧。」

弗萊恩嚴厲地打斷我，我只好乖乖點頭了，另一邊的托比亞則面露苦笑打岔道。

「弗萊恩，你這麼說云小姐會誤會的。」

「我才不管。比起那個快把藥水準備好，想讓客人等到什麼時候。」

「啊，抱歉。」

我為了聽對人戰的訣竅，剛才從道具箱取出商品的動作也停住了。

被弗萊恩這麼一催促，我才慌忙把東西拿出來，將他要的道具並排在櫃檯上。

這當中，托比亞似乎急著想幫剛才弗萊恩所言的對人戰訣竅進行補充，但在弗萊恩的一個眼色下就陷入沉默了。

於是，對話結束後，我只能一言不發地將藥水遞給弗萊恩，並收下貨款，目送那兩人離去。

等【加油工坊】再度恢復寂靜時，我在店內喃喃自語著。

「不斷採取讓對手不舒服的行動——這誰聽得懂嘛！」

完全無法理解。當我正在苦惱時，剛才用幻術隱蔽身姿的利維與柘榴重新現身，朝我靠了過來。

「所謂不舒服的事，是像弗萊恩他們每次戰鬥時發出的謾罵或挑釁嗎？不不不，那我可辦不到。」

其他還有什麼讓對手不舒服的事？我絞盡腦汁的結果——

「好，乾脆對弗萊恩他們實際觀察吧。」

只要能偷偷跟蹤他們觀察他的活動，或許就可以搞懂對人戰訣竅的詳情了。

我這麼一動念，便帶著利維和柘榴走出【加油工坊】。

●

包含【地獄烈火隊】公會在內，那群PK玩家們善於利用的【懸賞金】系統是這樣的。

首先，PK們一旦打倒其他玩家，所獲得的金額有九成會納入PK自身的懸賞金中，而當這名PK之後被別人打倒了，那個人就可以獲得該PK身上累積的所有懸賞金。

此外，身上有【懸賞金】的PK，個人資料會被張貼在城鎮各處的通緝令上，通緝令還會即時顯示該PK目前的懸賞金額與所在區域。

假使PK處於離線狀態，通緝令就會被簡略標示為【在○○迷宮現身中】

這樣。

我透過這項系統查看弗萊恩與托比亞的懸賞金額——

「唔哇，弗萊恩1090萬G，托比亞也有740萬G，這金額還真可觀啊。」

只要打倒他們一次就可以獲得大筆的金錢，暫時不必管裝備和消耗品等繁瑣支出也無妨了，但我可不想為此就與最凶狠的ＰＫ——弗萊恩他們為敵。

不過——

「就是今天了，打倒弗萊恩一口氣變有錢人吧！」

「話說回來，小隊六人應該要均分金額才對吧。」

「既然這樣就連托比亞一起打倒，豈不是能賺更大一票嗎！」

我發現狩獵ＰＫ的玩家，也就是ＰＫＫ們正仰望張貼的通緝令，討論等下要去打倒誰的話題。嗯，看來跟我大為不同的挑戰者也不是沒有，我一邊這麼感嘆，一邊確認弗萊恩他們的所在場所，並藉由傳送點跳躍到那附近。

「我記得，那是在迷宮城鎮裡的普通迷宮第二層吧。」

透過傳送點移動到迷宮城鎮後，我直接領著利維與柘榴進入目的地的迷宮。

我猜，他們大概是因為身上懸賞金太龐大，以至於在平原之類的區域容易受襲擊，才會潛入受限制且難度低的迷宮內守株待兔吧。我一邊這麼估算，一邊進入這座普通迷宮深處。

由於這是一座紅磚造的迷宮，所以不存在任何採集或挖掘點，但相對地隨機出現的寶箱也很多，只是目前的我一律無視寶箱，專心一意朝弗萊恩他們所在的地下二層前進。

「沒記錯的話，這裡有很多強敵出沒啊，我得小心行動才行……」

仰賴利維的幻術協助，我在移動途中並沒有被敵怪發現。

繞過強敵並往迷宮深處走，我仔細尋找弗萊恩他們的蹤影。

「要是他們在某處戰鬥，我就可以偷偷觀察了啊。」

到底躲在哪呢？當我這麼咕噥時，利維和柘榴似乎察覺到什麼了，只見牠們豎起耳朵轉向迷宮左側的通道。

「利維，柘榴，你們聽到什麼了嗎？咦好像是劍戟交鋒的聲音？」

我也聽見微弱的武器相碰聲響了，在利維的幻術隱蔽下，我偷偷朝那個方向靠近。

才前進沒多遠，激烈的戰鬥聲就傳入我耳中。我悄悄自通道的轉角探頭出去，只見有玩家們正在迷宮的一個房間上演火熱的戰鬥。

「找到了，是弗萊恩跟托比亞他們。」

被懸賞的ＰＫ弗萊恩正率領【地獄烈火隊】成員與ＰＫＫ小隊正面衝突，雙方展開了驚心動魄的攻防戰。

只要仔細觀察他們戰鬥的模樣，或許就能理解弗萊恩所言的對人戰訣竅是什麼意思了。

「哎呀哎呀，剛才氣勢凌人地偷襲，現在卻被我們打得落花流水啊！」

「可惡！怎麼會這樣！」

「你們這群臭小子，計畫太天真了啦！明明想奇襲卻大喊大叫殺過來，簡直是大笨蛋！快閉上嘴過來受死吧！」

啊，弗萊恩又開始挑釁了，他明明手持細劍卻能以蠻力壓倒與他相抗衡的對手。

與弗萊恩剛好成對比，托比亞只是默默與另一名玩家對峙。

只見托比亞咧開嘴，浮出令人不快的噁心笑容，並藉由出招頻繁、快速的短劍徹底封鎖了對手的行動。

「比起弗萊恩，觀察托比亞那邊好像更容易。」

托比亞將對手玩弄於股掌之間，非常擅長保持自身的優勢。

緊接著，他使出了最後的致勝一擊——

「那麼，送你上西天吧——《殺刃》！」

趁對手失去平衡難以迴避時，托比亞發出對玩家限定的一擊必殺技、大量奪取對手的ＨＰ。

當鮮血四濺的赤紅特效朝周圍擴散時，他對倒地的玩家並沒有放鬆警戒心還重新舉起武器。

隨後，又過了數秒，剛才被打倒的ＰＫ才緩緩爬起身。

「呼，被你幹掉一次了啊。不過，我手邊還有【復活藥】，在藥用光以前一定要把你打倒。」

「最近效果奇高的【復活藥】逐漸問世，害我們變得很難打啊，真是有點痛恨那些【調藥】類的生產角色了。」

聽到托比亞這麼低聲埋怨，我不禁渾身抖了一下。

難道說，我不知不覺招人怨恨了？正當我在恐懼時，壓倒對手ＰＫ的弗萊恩這麼訕笑道。

「有什麼好恨的，應該要感謝才對吧！有了藥才能讓這麼強的對手不斷站起來繼續挑戰我們！反過來說，這種絲毫不能鬆懈的處境不是更有意思嗎！」

「嗯，這麼說也沒錯啦。」

托比亞語畢，臉上露出苦笑，而【地獄烈火隊】與ＰＫＫ小隊也再度廝殺起來。

或許是【地獄烈火隊】為自己設下了禁用【復活藥】的綁手綁腳規則，藥水之類的使用頻率變得更高。

對此，ＰＫＫ們為了妨礙對方，恢復一口氣縮短距離展開攻勢，沒想到【地獄烈火隊】反過來以此為誘餌成功進行反擊。

「真了不起啊，雙方爾虞我詐的心理攻防戰好激烈。」

當對手襲擊時，刻意挑選敵人不舒服的時機設下確實的反擊手段，而當反過來我方要進攻時，也必須挑選適當的時機先發制人妨礙對手。

難道這就是弗萊恩先前所言「不斷採取讓對手不舒服的行動」的意思嗎？

就這樣，戰鬥又持續了一陣子，ＰＫＫ那方似乎有一人的【復活藥】用完了，只見在倒地數十秒後便化為光粒消失。

從這一刻起，大概是感覺到繼續戰鬥下去會有全滅的危機，ＰＫＫ小隊迅速撤退，至於弗萊恩那方或許是為了避免隨便追擊的風險，並沒有趕盡殺絕。

「這麼一來就算打完了吧。嗯，當作對人戰的參考也很充分了。」

我逕自點頭時，冷不防發現弗萊恩這邊的人數少了一個。

「哎呀？從六個人變五個人了，有一個被打倒我沒注意到嗎？還是說已經跑去追擊了？」

只不過是一眨眼的瞬間也會漏看嗎，我內心不禁有點疑惑。然而正當我想趁大家都不注意時溜走並後退一步時——

「躲在那邊做什麼？」

「噫!?」

一個聲音毫無預警地在我背後響起，我的頸部也被一把短劍抵住了。

「雖然閣下隱藏形體讓我看不清你的身分，不過勸你還是盡快現身，要不然，我就要直接下手割喉了。」

「我、我知道了，拜託不要攻擊。」

我放開正在使用幻術的利維身軀，使自己暴露出來。

然後，我高舉雙手回過頭，發現是弗萊恩的夥伴——一名女性ＰＫ。

以前，我曾教過對方【料理】天賦，當時她溫柔的表情令我印象深刻，但如今這種戰鬥後散發的銳利氣息，使人覺得她是一位精明幹練的成熟女性。

這麼美麗成熟的女性玩家為何要當ＰＫ呢？即便被對方用武器抵著，我還是忍不住這麼思索。

「妳是……【加油工坊】的云小姐對吧。為什麼妳會跑來這個地方？」

「呃……為了觀摩？」

我微微歪著腦袋回答道，只見那位女性ＰＫ好像頭很痛一樣皺起眉，還用食指按了按太陽穴。

「我無法判斷妳的用意。總之，妳先跟我過來一趟。」

「不過在那之前，我有點事想辦……可以嗎？」

大概是以為我想抵抗吧，她稍微改變短劍的角度以便強調它的存在。

在這種距離下使用《殺刃》技能攻擊要害絕對能把我幹掉，或許她的用意是要威脅我，但我可是一點抵抗的打算都沒有。

「那個，我想先把利維跟柘榴送回去……這樣也不行嗎？」

「唉，我早就察覺那邊有什麼東西躲著，原來是使役獸啊。這點小事我不會介意的。」

「謝謝。利維、栯榴——《送還》。」

我讓依然以幻術隱蔽的利維和栯榴恢復為召喚石，然後才在女性ＰＫ的武器威脅下被強制帶走。

「喔，回來了啊……等等怎麼還多了一個人？」

「呃，前不久才見過面吧？」

我被帶到弗萊恩等人面前端坐後，臉上只能浮現尷尬的僵硬笑容。

「因為察覺到有旁人的氣息，還以為是其他ＰＫＫ想坐收漁利呢，沒想到是【加油工坊】的老闆啊，妳來這裡做什麼？」

「據她本人所言，似乎是來觀摩的。」

那位女性ＰＫ仍舊站在我背後，以短劍抵著我的脖子並代替我答道。

聽了這番話，弗萊恩對我白了一眼，托比亞則捧腹大笑。

「云小姐，妳真的太無謀了啊！為了理解對人戰的訣竅而來觀摩ＰＫ戰鬥，啊——我笑得肚子好痛。」

「啐，虧妳想得出來。就算妳是我們常光顧的店家老闆，只要離開城鎮一律都是我們ＰＫ的獵物。亞由依，妳負起發現這傢伙的責任，助她返回城鎮吧。」

「返回城鎮——這是要把我殺掉的暗號嗎!?想對我ＰＫ的意思！既然這樣我就要全力逃跑了！不顧一切地逃之夭夭！」

「我們才不會對妳ＰＫ哩，只是正常地送妳回去而已。話說，妳竟然不選擇全力抵抗而是全力逃跑啊。」

稍微展現一下鬥志吧——弗萊恩露出疲憊不堪的表情這麼咕噥著，還像是要把我攆走一樣揮揮手。

本來拿短劍抵著我的女性ＰＫ也收起武器，似乎是由她負責把我送回城鎮吧。

回城鎮的歸途上，失去警戒必要的女性ＰＫ臉上再度浮現溫柔之色——我趁機跟這位亞由依小姐聊了一下。

「那個……我有一事不解，為何亞由依小姐要當ＰＫ呢？呃，妳明明是位美麗成熟的女性啊。」

「云小姐還真會誇獎人啊。我當ＰＫ的理由如果要一言以蔽之的話——那就是舒壓。」

「舒壓？」

「因為我是粉領族，工作上有許多繁雜的事……禿頭上司跟同事也常常對我說三道四，每次想到那些人的臉我就一肚子火。」

亞由依一瞬間露出嚴厲的表情，總覺得在她的眼眸深處隱藏著一股深邃的黑暗情緒。

「那個……真是辛苦妳了。讓我請妳吃甜食療癒一下妳的心吧。」

我自所持道具欄取出一包餅乾並默默遞出去。

「謝謝妳的好意了，我先收下待會再享用。」

嫣然露出微笑的亞由依小姐臉上再度恢復溫柔的表情，這才讓我暫時安下心。

隨後，當我們離開剛才的地下迷宮並返回迷宮城鎮時，我向對方道謝。

「非常感謝妳，專程送我回來。」

「不必客氣啦。比起那個，妳掌握到對人戰的訣竅了嗎？」

「是的，我想應該沒問題吧。」

我羞赧地答道，並向亞由依小姐道別，再從迷宮城鎮的傳送點前往ＧＶＧ的對戰原野。

原來我方陣地的防禦工事已經迎向了最後的收尾階段，包括庫洛德與繆，以及【八百萬神】公會的精銳，還有其他玩家正在討論概略的作戰計畫。至於利利，則在希奇福克那夥人的協助下一起將工程做細節調整。

「庫洛德，利利，我有點事想拜託你們，不知道可以嗎？」

我趁那兩人談話告一段落時呼叫他們，並提出我的意見。

「什麼事？云會拜託別人還真難得哩。」

「對呀，云云，妳想到了什麼新的點子嗎？」

「呃，把這項道具納入我們的作戰計畫如何？另外我還想請庫洛德跟利利分別幫我製作像這樣的道具……」

關於生產角色在ＧＶＧ裡的行動方針與貢獻方法，我將自己想到的主意簡單說明一番。

雖說那也是我觀察過弗萊恩等人的戰鬥手法後才理解的，總之對人戰的訣竅，包括引誘對手動搖、使自己立於精神戰力優勢，另外還有封鎖對手行動以便在戰鬥中占上風，大致上就是這兩種。

此外，我所提議的點子，主要是後者——也就是封鎖對手行動以便在戰鬥中占上風，為此我需要一些輔助道具。

庫洛德在聽完以後，臉上浮現了邪惡的笑容，至於利利雖然臨時被委託工作又更加忙碌了，但他臉上完全沒有不悅的表情，依然努力作業著。

第三章　ＧＶＧ與祕密策略

和御雷神等人進行ＧＶＧ當天——

參加者群聚在做為集合地點的【八百萬神】公會據點，一邊幫彼此進行最終確認，一邊等待活動開始。

自從御雷神宣布ＧＶＧ要如何分組的這一週以來，我們的隊伍在自身能力範圍所及內努力做好準備。

全體我方玩家都擁有【驅魔的結界片】、【強化藥丸】、【夜視軟膏】等物品，此外依據各自擔當的角色、任務不同，還分別配有個別所需的道具。

另一方面，主辦者兼對戰隊伍的代表御雷神那邊似乎也進入最終調整的階段了。

「賽伊，妳那邊的螢幕，還可以吧？」

「放心，一切運作都很順利，攝影機的視角也沒問題。」

「那好，準備工作算結束了。」

御雷神說完，就跟副會長賽伊姊一同指揮起公會內的成員。

看來，這場ＧＶＧ好像要進行實況轉播的樣子，當中的戰鬥過程都會在【八百萬神】所設置的全像投影螢幕中播出。

由於要觀戰之故，【八百萬神】的其餘成員以及從外部招待進來的玩家們都聚集在那座螢幕之前，對ＧＶＧ開幕已是迫不及待。

在那群觀眾當中，也混入了我熟悉的面孔。

「可惡，這麼有趣的事當初怎麼沒揪我一起參加哩！」

「哎，塔克你冷靜一點。【八百萬神】的宴會料理很好吃喔，看，這裡有炸雞塊跟果汁。」

「也請給我一杯茶吧。」

塔克、甘茲以及凱這男性三人組，正肩並肩仰望著那座螢幕。

其他觀眾，還包括繆小隊的露卡多與希諾、蔻哈克，都為了幫繆加油跑來了。另外瑪琦小姐也讓幼獸化的里克爾乘在自己膝上，並帶著機關魔導人偶的露芙一塊來觀戰。

「看樣子，規模搞得很大哩？」

「好像是喔。」

由於有人回應我的喃喃自語，我不禁轉過頭去，原來站在那的是睡眼惺忪的刀劍鍛造師歐德納西，以及一旁高大且一身淺黑肌膚的鏤金師藍格雷。

「嗨，最近好嗎？」

「嗯，馬馬虎虎啦。」

我臉上浮現些微的苦笑，如此回答這兩位熟面孔。

歐德納西與藍格雷，是隸屬於【八百萬神】的生產角色。

「看來，兩支隊伍都很拚命呢。」

「是啊，總之能做的準備都做足了。」

我對他們這麼說道，然後在比賽開始15分鐘前，跟隊上其他人透過【八百萬神】的迷你傳送點跳躍到GVG專用的原野。

緊接著，當雙方的玩家全都配置妥當了，有個人工的語音開始說明比賽規則。

・**比賽時間為1小時。**

・每位玩家擁有30點。受到有效打擊減1點，受到嚴重傷害、對要害的攻擊、爆擊則減3點。

・每位玩家禁止使用普通的恢復道具，但取而代之地配給最多2瓶藥水，其恢復量為1瓶5點。

・做為特殊角色能幫我方玩家進行恢復的【醫護兵】，一隊裡最多設置3人，至於對各玩家使用的恢復魔法次數，僅限1次，其恢復量為10點。

・當玩家持有的點數歸零時就會立刻從戰鬥脫離，強制轉移出戰場。

・勝利條件包括，將對方的隊伍全滅，或是停留在對方陣地區域累計超過10分鐘以上，否則，就視比賽結束時雙方剩下的點數決定。

規則簡單說來大致就是這樣。

身為參加者的我們，早在會議中研究過規則無數次了，真要說起來，這語音應該是對螢幕前方的觀眾釋疑才對。

「那麼，大家都準備好了嗎？」

人工語音將規則說明完畢，原野上空也顯示出距離戰鬥開始的倒數計時，我們都靜待那一刻的來臨。

『三、二、一——開始！』

伴隨著蜂鳴聲，我們一直線朝前方衝鋒。

序盤的作戰計畫，是派三小隊前往陣地周邊進行搜索與警戒，包括我在內的剩下兩小隊則前往幾乎位於對戰原野中央一帶的陣地構築工事。

「云姊姊，利利！你們要跑快一點！」

「唉，繆，這已經是我的極限了。」

「等、等我一下嘛，繆繆……」

活動一開始，所有人就服下飛龍肉製的強化藥丸，將自身的SPEED數值提高到極限。

然而，基礎數值本來就比較差的生產角色，像是我跟利利，在前往原野中央時感覺就慢了半拍。

此外，在我的視線前方，已經可以看到少數敵方隊伍的人闖進原野中央了。

至於人數則是——三人。

「喝呀！就這樣直接進行突擊吧啊啊！」

「「跟上船長的腳步，嘿呀！」」

希奇福克所率領的【ＯＳＯ漁會】玩家，加上準備到一半卻被他們這種情緒影響的數人，見到這種情勢紛紛自所持道具欄取出構築簡易陣地用的原木。

「那是，怎麼回——咕哇！」

「喂，你還好——喔哇！」

「是原木——呀啊！」

由於他們是以全力狂奔，再加上從所持道具欄取出的原木長度助威，敵方先鋒的那三人皆被撞飛了。

假使想以原木為武器，需要具備【棒】或【杖】類的武器天賦，由於希奇福克他們並沒有裝備上述天賦，所以剛才的攻擊本身並不列入傷害值。

不過，因為敵方是被力道強大的重物碰觸並慘遭撞飛，各玩家還是受到了1點摔出去的傷害。

「很好，就在這裡構築陣地吧！拜託魔法班幫忙掩護！」

「儘管放心！——《火球術》！」

將剛才突擊使用過的原木扔出去擺成「ㄈ」字形，就可以充當簡易陣地的結構來使用。

等基礎架起來了，眾人再紛紛從所持道具欄取出裝了大量泥土的沙包，以超高效率疊在原木周圍以增加城牆的高度。

「云姊姊，我要上囉！——《光射線》！」

「知道了！」

我躲在高度堆積至腰部左右的沙包城牆內側，並以此為掩護，瞄準從御雷神陣地方向現身的玩家們放箭。

同樣地對手也會發動攻擊，我躲在掩體後等攻勢過去，才用手指夾著三根箭迅速站起身，朝想要接近簡易陣地的對方玩家一一狙擊。

「咕！對方的魔法命中率好高！」

「況且裡面還混雜了弓矢的攻擊！要小心！」

我方的第一波行動，是藉由強化藥丸的幫助，在原野中央構築簡易陣地以便占據地利，目前算暫時成功了。

接下來，就是一邊死守住這裡，一邊伺機減少對方玩家們的點數。

「——《庇護所》！好，這麼一來四周就能稍微多點防禦力了！」

繆對簡易陣地的周邊施展光屬性的範圍防禦魔法，透過這招能間接提高簡易陣地的耐久程度。

「受傷嚴重的人快找我恢復！一定要馬上過來處理喔！」

兼任【醫護兵】角色的繆，在最前線的這個地點對我方玩家們喊話道。

約十二名友軍同時朝三個方向警戒，並斷斷續續發出攻擊，逼退試圖接近的敵人。

我防禦的方向是對手玩家數量最多的正面，只能憑弓箭的速射來應付。

其他像是擔任魔法師的同伴，還得一邊留意ＭＰ的殘量一邊輪流施放魔法。至於缺乏遠距離攻擊手段的利利，則投擲【合成】過【中毒】異常狀態藥的匕首助我軍一臂之力。

「云姊姊，現在敵軍來了幾個人!?」

「對方有──九人……不，增加到十人了！」

第一波的快速行動、構築簡易陣地的地形優勢、【夜視軟膏】所帶來的夜視能力──我方利用上述三者打起了閃電戰，到目前算是進展順利。

然而，我透過【千里眼】捕捉對手玩家並確認其剩餘點數，發現他們的受傷程度並沒有我想像中那麼嚴重。

我方雖然施放了如彈幕般的魔法，但攻勢幾乎都遭樹木阻擋，或是被對手厚重的防具扛下，似乎大多成了空包彈。

此外對手也逐漸發出反擊的魔法，使我方充當掩體使用的沙包袋破裂、當中的泥土漏了出來。

「我們的城牆好像快撐不住了！」

「快把追加的沙包堆上去！」

幸好，這也在我軍的預期範圍內。

同伴們再度自所持道具欄取出沙包堆回去，補足城牆的厚度。

沙包這種建材就算是崩解了只要再堆新的上去就能輕易修復，所以就CP值跟製作的難度來說算是最實際的選擇。

更何況——

「好煩啊，這沙包牆也太難打了吧。」

我們只要背倚著沙包城牆，就能撐過敵人的攻勢。

然後，等對手的攻勢暫時停歇，我再用弓箭的速射反擊躲在樹木後方狙擊的敵方玩家。

以低階魔法的程度是無法打爆沙包的，因此一旦發現有敵人玩家企圖發動中階、高階魔法，就要朝那邊集中攻擊。

尤其我方的攻擊中還交雜了合成過異常狀態藥的匕首投擲，能給敵方施加【睡眠】、【麻痺】、【混亂】、【憤怒】等中斷行動的妨礙，製造出不起眼但確實的效果。

我軍仰仗意外難以崩解的沙包簡易陣地，在比賽一開始就撐過了將近十分鐘的戰鬥。

『你們那邊的情勢如何？』

我們腦中有庫洛德的聲音響起，這是他透過好友通訊的廣播頻道來聯絡前線的手段。

庫洛德突然傳來的詢問聲，讓我們這群人都將視線投向簡易陣地小隊的隊長繆。

「回報庫洛德，我們已成功構築起簡易陣地了。只不過，目前還在跟十名敵方玩家交戰中。」

緊接在繆的報告之後，庫洛德也告知我們他那邊的情況，同時我們手邊還得繼續應戰。

『後方在原野各處散開搜索的結果，發現一支想迂迴攻擊的敵方小隊，已經給他們製造損傷並予以擊退了。』

聽了這項報告，位於簡易陣地的我軍同伴士氣提高不少。

照這樣子看，只要我們繼續死守這裡，戰況就會越來越有利吧。不過當然，敵方也會試圖打破這種局勢。

「──《日珥龍騎兵》！」

我感覺到陣地的左側面有一道轟隆作響的火焰，忍不住轉頭去看。

原來是敵方一名魔法師打開做為魔法輔助武器的書本，正準備發動高階的火屬性魔法。

那道火焰的形狀近似東方的龍，為了鑽出森林而蜿蜒前進彷彿在跳舞。

緊接著火龍便齜牙咧嘴，直撲我方的簡易陣地。

「──!?大家快逃！」

聽了繆的迅速下令，躲在沙包後的我方玩家全都一起逃了出來。

那條火龍隨即以腦袋狠狠撞向由沙包圍繞的簡易陣地中央，引發一陣巨大的爆炸。

從內側掀起的爆炸震波擊垮了沙包牆，裝土的袋子也燃燒起來。

「趁現在，狙擊！狙擊！」

這是對手指揮官的吼聲吧。

敵方玩家為了狙擊從沙包內側逃出來的我軍而稍微朝左右散開，並同時對準失去掩護的我們猛攻。

「所有人，快撤【驅魔的結界片】撤退！一口氣逃回後方吧！」

我們一邊朝空中扔出銀色的金屬片一邊逃跑。

這麼一來，【驅魔的結界片】那些金屬片之間就會由點連成線，最後製造出一個半透明的面。

這一面護盾可以阻擋追殺我們的魔法，抵銷對手的攻勢，或是讓攻擊偏到其他方向去。

「我受了一點傷啊。」

「沒事吧？要不要使用配給的藥水？」

「我邊逃邊找機會使用。」

即便我方打從一開始就將重點放在守勢，但受到這種難以防禦的傷害，同伴們的點數還是被削減了。

「我剩下的點數，還有27點。」

雖說被好幾發類似流彈的攻擊掃到，但距離強制脫出戰場還早。

只是，另一名逃出沙包簡易陣地時負責殿後的女性玩家就沒那麼幸運了，她的點數被扣了10點以上。

「真慘，先前為了構築簡易陣地而過度注重速度，現在嘗到苦果了啊。」

這支由輕裝玩家結合成的簡易陣地構築小隊，一邊聽繆的喃喃自語，一邊迅速後退。

「總之，先返回後方的我軍陣地幫受重傷的人恢復吧！」

繆這麼表示，以激勵正在撤退的我軍玩家，並將注意力轉向後方。

「一半人去接收敵軍的簡易陣地並把剩餘的沙包收為己用！另一半的人繼續追擊！」

在十名敵方玩家當中，包括指揮官、剛才使用高階魔法的玩家以及其他幾人正在占領我方的簡易陣地，剩下半數則繼續朝我們追擊。

「嗯，早就知道會這樣了。所有人，散開！」

在繆的指揮下，小隊以兩人一組的方式四散逃入森林中。

至於我則跟繆分到同一組，繼續撤退。

由於敵軍指揮官並沒有加入追擊，那些追兵一時無法判斷該追誰比較好，被迫瞬間停步。

「來啊來啊，若是你們敢用一人追擊各組就得面臨二打一，但全部人都集中追同一組，我們就有點不妙了。云姊姊，拜託妳了！」

我一聽到繆的指令，就以目光鎖定逐漸被敵方修復的簡易陣地。

「瞭解——《空間泥土盾》！」

我耗費大半的ＭＰ，製造出數道土牆，彷彿要將簡易陣地包圍起來。

「所有人，立刻逃離原地！這是陷阱！」

「可惜已經太遲了——【炸彈】！」

在我表達明確的意志以及發動關鍵字後，土牆內側引發了多重爆炸。

敵方爆炸前幾秒的避難命令，讓運氣好的幾個人來得及翻過正在上升的土牆，但指揮官跟剩下來不及逃跑的一人被困在土牆內側，陷入了魔法寶石的多重爆炸中。連鎖引爆導致的傷害加成，似乎使那兩人失去所有點數脫離戰鬥了。

「喔——爆炸還是一樣很驚人哩，這就是大量連鎖加成的魔法威力啊。」

「繆，別顧著閒聊，趕快回陣地幫負傷的同伴恢復吧。」

「對喔！好，那我們回去準備中盤戰吧。」

突然發生的多重爆炸讓原本在追擊的敵軍玩家們慌忙撤退，我跟繆也不戀戰，迅速撤離原地。

「不過話說回來，庫洛德想出的作戰策略也太惡毒了吧。」

「真的，竟能想到把魔法寶石塞進沙包裡。」

爆炸的起因一旦揭開謎底，其實也很簡單。

只要事先在沙包的泥土裡混入魔法寶石就行了。

在戰鬥中當然可以把對方的道具搶過來使用。

不過我們就是反過來利用這點，以魔法寶石的【炸彈】充當自爆裝置，運氣好的話，就能用引爆簡易陣地的手段給了敵軍嚴重打擊。

「是說，剛才在爆炸前一刻，他們為何能察覺到魔法寶石的存在呢？」

「啊，我猜應該是破掉的沙包有魔法寶石掉出來被看見，才讓他們在爆炸前搶到一點逃難的時間。」

估計這是他們得以提前逃跑的理由，應該八九不離十吧。

原本其實是想一網打盡的，但因為對手決定兵分兩路，再加上陷阱又被提早發現。

設下了那麼嚴密的陷阱，結果只讓敵方兩個人脫隊而已。

「可惡，雖說不是每個沙包裡都裝了魔法寶石但我也浪費了幾十顆啊，才幹掉兩人而已喔。」

「云姊姊，妳懊悔的地方不太對吧。」

我聽到繆的這番吐槽，同時繼續往我軍陣地撤退。

「不過，這可以給對方帶來心理上的壓力，至少庫洛德當初是這麼說的。」

以魔法寶石引爆簡易陣地所帶來的影響，並不單純只是造成對手玩家物理上的傷害而已。

這之後只要是對方用過的東西撿起來都有爆炸的可能性——光是能讓御雷神他們這麼懷疑，就足以逼使對手慎重行事了。

●

在簡易陣地爆炸的影響下，我跟繆都順利閃過御雷神那方的追擊，並平安撤退到我方陣地。

「——《團體治療》！好，這麼一來所有被扣10點以上的同伴都恢復完畢，可以返回自己的崗位了！」

「謝謝，妳也要小心，那我們先走了。」

被分到我們這邊的【八百萬神】少數精銳成員之一如此向繆道謝，接著才四散到森林原野的各處進行搜索。

「戰鬥開始已經過了20分鐘了啊，還剩下40分鐘。庫洛德，你認為敵軍接下來會怎麼行動？」

「如果是御雷神，應該會在序盤讓兩陣營進行輕度的遭遇戰，等我方有幾人被打到脫離且戰力變弱後，她再派少數精銳奇襲。這麼一來，就很可能在中盤戰分出勝負。」

然而序盤我方就採取引爆簡易陣地的策略，使雙方陣營陷入微妙的處境。

御雷神那方雖然想全力壓制我們，但因為我方使用了大量的防禦道具，導致現在連一個點數歸零的脫隊者都沒出現。

「比起那個，御雷神跟賽伊姊都還沒出陣才是最可怕的吧。」

到目前為止，身為最強戰力的御雷神跟賽伊姊依然不見人影，不過若是以樂觀的角度思考，她們兩人可能都像庫洛德一樣，待在己方的大本營指揮作戰吧。

「光是她們都不出現就讓我軍壓力減輕不少，這不是很好嗎？」

「不過，也不能輕忽大意啊。」

庫洛德透過好友通訊聽完出去搜索的我方玩家進行回報後，嘴裡這麼喃喃說道。

但緊接著——伴隨一聲彷彿能響徹腹腔的巨大轟鳴，森林原野竄起了火舌，大量樹木也發出刺耳的斷裂聲慘遭一一夷平。

「御雷神那混帳！竟然不選擇分批行動而是打算剷平森林後殺過來啊！」

「庫洛德！你的意思是！」

「她用這招把我們設置在森林裡的陷阱全數破壞後，再一直線朝我方陣地殺過來！云妳立刻爬上望樓！」

我聽了庫洛德的指示，馬上拔腿衝出去。

至於我急於抵達的目的地，則是我在ＧＶＧ開幕倒數三天時拜託利利建造的十五公尺高瞭望塔。

我衝上梯子望向御雷神他們陣地那邊的森林，不禁愕然了。

「喂喂，真的假的啊。」

透過具備夜視及遠視能力的【千里眼】，我目睹了對手玩家們以御雷神打頭陣，發射魔法和武技掃平連接雙方陣地一直線上所有樹木的光景。

那個區域，應該也事先設置了陷阱才對，然而對手卻逐一將陷阱破壞掉並朝我方陣地持續挺進。

「真是夠了！一直做討厭的事有完沒完啊！」

然而，我們原先的作戰策略也是要讓對手不勝其煩，現在只是被他們瓦解掉罷了。

因為正面交手打不贏對方只好透過陰險的招式製造敵人傷害，並憑剩餘點數較多的條件取得戰術上的勝利——相對於我方上述的目標，御雷神他們卻企圖採取極為單純易懂的正面突破以謀求全滅敵軍的勝利。

「云姊姊！我也要到前線去！」

「繆，妳要小心一點！我在這裡掩護妳！」

語畢，少數幾名被允許使用恢復魔法的【醫護兵】繆便衝了出去。

「我也要去前面了！云跟剩下幾個人，留下來防衛陣地！一旦有情況就立刻以好友通訊報告！」

「知道了！對了，庫洛德，還有一件事！」

「什麼!?」

「對方的魔法師們並沒有後退，而是由原班人馬一直發射！因此，他們一定擁有不必靠道具的ＭＰ恢復手段才對！」

「既然如此，我們就找出來設法破壞掉！」

我目送晚了繆半拍衝出去的庫洛德背影，然後才再度望向正在不斷夷平森林的御雷神人馬。

「還在射程外啊。不過，比起那個我應該先──」

對付御雷神他們的任務，可以交給繆跟庫洛德負責，我自己則有我自己該做的工作。

「那麼，該把躲在森林裡的那些傢伙驅趕出來了。」

透過【千里眼】的夜視和遠視，以及鎖定目標能力，再加上我又位於望樓居高臨下，那些躲在森林裡的玩家位置一一曝光了。

「趁我方將注意力都放在主戰力的御雷神那邊時，另外派一支少數部隊進行奇襲與妨礙。在肉眼可確認的範圍內有三組共七人，我來玩玩他們應該沒問題吧。《空間咒加》──敏捷！」

我對那七人使用降低速度的咒加。

在七人當中，有一名ＭＩＮＤ數值高的魔法師玩家將我的咒加彈掉了，幸好其他六人的身體都升起了暗黃色的光芒。

（糟糕！不知道中了什麼招！）

（數值好像變弱了！被發現了嗎！）

（是云的【附加】類技能！那傢伙一定在附近！）

隔著遠距離觀察的對手玩家們嘴巴像上述那樣動著，不過那也只是我的推測。

此外，那群人誤以為發動技能的我就在附近，便停下腳步在周邊搜索起來。

「從低處往上看，會被樹木茂密的枝葉阻擋視線，再加上夜色濃密，他們很難察覺望樓的存在。趁這個機會——」

我將黑乙女長弓對準上空一一施放箭矢。

「從夜空冷不防落下的箭矢，應該會使對方更搞不清楚射手的位置在哪裡吧。」

以曲射的方式讓弓矢描繪出大拋物線的軌道，對方想用肉眼辨識出來源會更加困難，最後再憑藉重力讓箭自然掉進森林裡。

沒過多久，對手承受從天而降的箭矢，咒加發出的暗黃色光芒也慌亂地逃竄起來。

那些光芒，還可以充當追蹤敵人的標記。

在幽暗中的微弱光點們，一旦遇到箭矢落在附近就會快速移動，尋找下一個藏身之處。

我則朝著那三組共七人毫不休止地施放曲射的箭矢。

「哈哈！感覺好像有點好玩耶！」

不可否認地，我的性格黑暗面好像有點顯露出來了，然而情緒越來越亢奮的我，依然繼續提升放箭的頻率。

「到目前一共減少了敵軍48點啊，【中毒】效果儘管不起眼卻意外強大。」

幾乎是從正上方垂直俯衝的箭支傷害，配合箭頭事先合成【中毒】異常狀態藥的緩慢扣血，對方的點數就這樣被大量削減了。

其他還包括，在森林各處設置的金屬絲切斷陷阱、大根原木鐘擺式撞擊陷阱、妨礙腳步的陷坑，以及扔下傷害道具的攻擊手段等，只可惜上述這些的戰果並不如預期那麼好。

不過陷阱還是可以在心理層面將對手逐步逼入絕境——

「好，有四個人被包圍了啊。」

我用弓箭不斷追著他們跑，可不是只為了故意耍弄對手而已。

咒加的光可以充當標記使用，而他們四處逃竄也會讓我軍察覺這群人的存在。

如今，正在外搜索的我方玩家，已分別包圍了敵方的兩組人，憑藉人數的優勢展開進攻。

「喔，是希奇福克他們啊。真了不起，竟然還有那種戰鬥方式。」

其中一組敵軍，正由利利一夥人以正統的縮小包圍方式甕中捉鱉。

另外一邊的人馬則包含了【OSO漁會】的希奇福克，只見他左手拿著三叉戟，右手甩動釣竿。

敵方玩家的腳踝被憑藉離心力飛出去的鉛錘及金屬絲以迅猛之勢纏上，接著慘遭拉動釣竿的希奇福克拽倒，最後還被三叉戟精準戳中了要害。

對手連使用配給的藥水道具來恢復都沒機會，一個個被撂倒了。

「鎖定要害能賺取3點的傷害量，真是高效率的殺敵方法啊。結果被包圍的那四人都脫隊了，至於剩下的三人嘛——」

這一組人包括戰士、斥候，以及剛才擋掉我咒加的魔法師，他們正背靠著大樹喘氣休息，並苦等根本不在附近的我現身。

就連我方出去搜索的同伴也無暇理會這組人，或許是已經放棄尋找了吧。

「這幾個，光靠我一人要削減點數實在是沒什麼自信啊。」

大概是我用弓箭驅趕他們太多次，他們已經知道射擊的來源是在哪個方向了，所以都把武器對準一直線看過去會被環境遮蔽住的望樓。

如今，只要我一從望樓上放箭，他們就會立即做出反應，把我的箭矢給彈開。

再加上先前的【空間泥土盾】與【空間咒加】消耗我太多ＭＰ，我想從現在起就等待ＭＰ自然恢復，以便保留給戰鬥的最後階段使用，因此我也不願再對他們施展任何武技或技能了。

「沒辦法了，看來只好放過這三人組。」

希奇福克以及其他參加包圍的我軍都距離太遠，這三人順利撤退的可能性想必很高。

此外，當我決定放他們一馬並暫緩攻擊時，那三人組就一邊提高戒備一邊讓其中的那位魔法師舉高法杖，使用恢復技能。

「啊——原來那個魔法師是【醫護兵】喔。光是能打倒他就可以讓我方的戰局大有斬獲了。」

我雖然這麼自言自語，但還是將目光轉向如今依然以魔法狂轟猛炸，正從森林中開闢一條道路通往我方陣地的御雷神一行人。

對方的少數部隊奇襲，雖然算是被我軍成功防衛了，但這一邊的主戰力依然毫髮無傷。

我才剛留意到御雷神似乎在保護某個佇立於魔法師群後頭的玩家，繆與庫洛德的好友通訊便傳來了。

『正如云姊姊的推估，他們準備了道具以外的MP供給手段喔！』

『是讓一個擁有【念力】天賦的人站在魔法師群後方待命。』

「真的假的，除了我以外竟然還有人……這麼罕見的天賦也有某個傢伙特地去學喔。」

我剛才雖然用「罕見」來形容，但其實【念力】天賦一直被玩家們視為垃圾。

只要持續鍛鍊【念力】天賦，除了初期技能《意念驅動》外，還會學到能把自身HP或MP輸送給其他玩家的《傳輸者》這項技能。

《傳輸者》儘管也算是HP跟MP的恢復手段，但在送出HP跟MP時雙方的總量是衰減的，因此是一種非常低效率的恢復方式

「我也好想趕快讓【念力】天賦升級喔……」。

我這麼喃喃自語，心想搞不好可以趁此機會見識見識跟【念力】天賦相關的有趣現象，便稍微觀察了一下。

「原來如此，除了【念力】天賦外，還搭配MP上升類與【冥想】等等的

輔助天賦，這樣就能稱職扮演ＭＰ大水庫的角色了。」

簡直就是專門為了這ＧＶＧ規則所設計的天賦組合。

那個人儘管無法成為直接的戰力，但他供應的ＭＰ與高速恢復撐起了全隊的高階魔法，形成一種極具威脅的壓制力量。

「不過，還是要把那傢伙幹掉。」

『這就對了。我等下會殺進去，拜託云姊姊以火力掩護我！』

『我的力量雖然微不足道，但也會以魔法進行支援。』

繆加上庫洛德，率領其他幾名友軍展開了襲擊御雷神他們的行動

對方因為想一直線切開森林，所以隊伍呈縱向的延伸狀，要採取左右夾擊可說是最理想不過了。

緊接著——

『三、二、一——Go！』

眾人收到繆以好友通訊廣播頻道所發出的信號，便從左右兩方展開襲擊，猛攻那名ＭＰ的補給來源。

我也配合大夥的行動，對準那群站在最前頭、以魔法劈開森林的玩家們一一施放箭矢。

「真抱歉啊，但我必須阻止你們。」

由於森林被夷平之故，他們的掩蔽物減少了，我也容易捕捉目標。

箭矢透過曲射如雨點般降臨，使敵方陷入混亂。此外在射中後，箭頭合成的【麻痺】與【睡眠】異常狀態藥還引發了讓對手短暫停止行動的效果。

「五個人當中，有三人中了睡眠嗎？那剩下的兩人我就分別狙擊——呀啊!?」

正當我想進行火力支援而將箭矢搭在弓弦上時，望樓突然發出震動，我的立足點也開始搖晃。

我趕忙抓住望樓的扶手避免自己摔倒，但之後斷斷續續響起的破裂聲令我忍不住朝下張望。

原來是瞭望塔的支柱正被冰槍攻擊，逐一被削斷了。

望樓結構發出尖銳的摩擦聲逐漸無法支持自身的重量，並開始朝右傾倒。

「糟糕！我得趕快閃人才行！」

來不及從望樓邊懸掛的梯子爬下去了。

於是我慌忙改變裝備天賦的組合內容。

持有ＳＰ17
【長弓ＬＶ40】【魔弓ＬＶ23】【千里眼ＬＶ22】【識破ＬＶ34】
【捷足ＬＶ26】【魔道ＬＶ27】【大地屬性才能ＬＶ9】
【附加術士ＬＶ3】【料理人ＬＶ15】【物理攻擊上升ＬＶ21】
【念力ＬＶ3】

保留
【弓ＬＶ55】【調藥師ＬＶ20】【調教ＬＶ35】【鍊金ＬＶ47】
【合成ＬＶ46】【鏤金ＬＶ38】【生產角色心得ＬＶ23】
【游泳ＬＶ18】【語言學ＬＶ28】【登山ＬＶ21】
【身體耐性ＬＶ5】【精神耐性ＬＶ4】【先制心得ＬＶ11】
【要害心得ＬＶ10】

「拜託一定要趕上！——《意念驅動》！」

我從開始往右傾倒、並因重力加快倒塌速度的望樓跳下去。

為了能飛得遠一點、避免被倒塌的望樓結構體捲入，我使用《念力》技能讓自己的體重變輕，並將自己的身體用力拋向空中。

（保衛我方陣地的其他同伴都沒事吧。不對……最有事的人不就是我嗎！）

我整個人都飛到了陣地之外，同時還努力採取受身倒地法，以背部撞進樹叢當中。

枝葉充當了緩衝墊的效果接住我，但拋出去的力道並沒有完全被抵銷，我只得一邊撞斷樹枝一邊墜落，最後才緩緩掉在地上。

「咕……痛死了……剛才那一摔害我掉了5點啊。」

被細枝刮到身體以及墜落的衝擊應該都被系統判定為受傷吧。

不過，剛才假使是直接撞到裸露的地面，事態一定會變得更嚴重。

『云姊姊！妳還好嗎!?我看到望樓倒掉了！』

「瞭望塔被打爆了，我無法再從陣地提供支援射擊。」

此外我墜落的方向剛好就是先前破壞望樓的魔法師所在之處，要不是趁還沒被發現前趕快開溜，就是得盡速返回陣地跟友軍會合，我必須立刻做出決斷才行。

「總之，先幫自己少掉的點數恢復再說……」

當我剛從所持道具欄取出配給的藥水時——手上的藥水瓶冷不防被水球打翻，掉在地上。

「——好冰！是誰!?」

高速飛來的水球直接打中我的右手，我反射性地看向水球發射的來源。

「……從剛才我就有點懷疑了，賽伊姊，是妳躲在那邊吧。」

接著，賽伊姊果然現身了。

「呼呼，云，妳那麼快就發現我啦。」

賽伊姊臉上掛著看似很愉悅的微笑，但如今可是在交戰中，我不自覺壓低身體重心，隨時準備採取下一個動作。

「因為出招都是水屬性的魔法，所以我才會猜或許是賽伊姊。」

「原來如此。我本來想繼續躲下去，以便多扣一些妳的點數的——」

她解除以《幻象迷霧》製造的潛伏效果，並將法杖的尖端對準我。

「——《神怒寶劍》。來吧，我要讓云在此脫隊。」

隨後，賽伊姊朝這邊踏出強而有力的一步，而我的因應之道則是——逃跑。

●

對於轉身背對並全力逃跑的我，賽伊姊舉起伸出水刃的長杖窮追不捨。

「云，只知逃跑是無法獲得勝利的！」

我回頭面對這麼說的賽伊姊，並運用速射與移動攻擊的技巧，連續射出三枝箭，結果全都被她那根附有水刃的長杖打落了。

「咕！」

「云如果不進攻，我就要出招囉——《水飛彈》！」

賽伊姊揮動長杖所施放的水球有兩發命中了我的背部，害我整個人向前撲倒，幸好我立刻爬起身，並沒有因此停止逃跑的腳步。

我剩餘的點數，還有21點。相對地，賽伊姊還是毫髮無傷的30點，我處於完全的劣勢。

（——拜託，快想想啊，讓賽伊姊感到不舒服的行動。）

這是弗萊恩教我的對人戰訣竅。另外，我也覺得如今的賽伊姊有些不自然之處。

倘若她只是想打倒我，只要組合使用魔法及【延遲】天賦就能一口氣施展幾十發攻擊，讓戰鬥瞬間結束。

不過，她卻沒那麼做而是採取斷斷續續的魔法攻擊。

舉個可能的理由，好比為了保存一定的ＭＰ水位，以供戰鬥的最後階段使用之類。

這麼一想，她攻擊如此分散的原因就浮出水面了。

既然如此──

「──《連射弓・二式》！」

「太天真了！──《水飛彈》！」

我使用中距離的連射技能，賽伊姊則以魔法迎擊。

我施放的兩枝箭與魔法相抵銷，甚至賽伊姊還算準我使用武技後無法行動的破綻，以水球砸向我的身體。

「咕！」

雖說不是打要害但還是會扣點，幸好水球攻擊只是很初階的技能，所以影響行動的時間也很短暫。

我反射性地再度逃跑，而我原本的所在位置立刻又有水球射了過來，算是運氣好讓我成功迴避這發追擊。

雙方的距離一直很難拉開。在近距離下，賽伊姊可以用附有水刃的長杖撕裂我；至於中距離，我的弓又無法匹敵她的魔法。

我很想把距離拉遠以便取得戰局優勢，但賽伊姊始終阻止我那麼做。

也就是說，我把距離拉遠這件事，是能讓賽伊姊感到不舒服的行動——一想到此，我臉上自然而然浮出笑意。

「云，妳到底在想什麼？目前的狀況是我在追殺妳耶。」

賽伊姊停下腳步，同時加強警戒。

一瞬間，感覺到她的表情出現了焦慮的成分，我忍不住摸摸自己的臉頰。

「笑一下。對了，故意笑一下。」

老實說，我半點扭轉的策略都沒有，只是故意露出笑容而已。

但光是這麼做，就足以讓賽伊姊對我的四周提高警戒。

——這就是在對人戰當中立於精神戰力優勢的意思吧。

我只是擺出笑臉而已。光憑這一招，原本對我緊追不捨的賽伊姊就主動拉開距離。

緊接著——

「——唔!?消失了！」

當賽伊姊的注意力一離開我的瞬間，我便從所持道具欄取出一件黑漆漆的外套，披在自己身上拔腿狂奔。

為了加強這件防具的【認知妨礙】效果，我把身體隱蔽在樹叢後方。

「啊——我竟然追丟云了，真苦惱啊，誰叫我完全沒有【發現】類的天賦呢。」

我聽見賽伊姊如此咕噥的聲音，便射出箭矢。

「呀啊!?——《水飛彈》!……沒打中。」

右臂從側面被我射中一箭的賽伊姊，反射性地施放魔法，不過我根本不在那個位置。

之前除了拜託利利搭建瞭望塔，也請庫洛德幫我進行防具強化以及製作這件外套。

CS No.6黃土創造者（外衣）

DEF＋43 追加效果：DEX加成、自動修復、認知妨礙

夢幻居民【裝飾品】

DEF＋5 MIND＋7 追加效果：認知妨礙、消音

用蔭影結晶樹葉子所煮出的【蔭影濃綠染料】，可以為服裝附上【認知妨礙】的追加效果。

再搭配素材【暗者的泥土】使用，便可讓【認知妨礙】威力更強。

庫洛德把我的黃土創造者重新染過一遍，此外為補足隱密與消音性，又多弄了一件外套。

「即便對方缺乏【發現】類天賦，只要一直盯著目標看，【認知妨礙】類的天賦就無法進行隱藏，這算是它的缺點吧。」

至於【消音】的效果是讓自言自語停留在外套的內側。

所謂的【認知妨礙】類天賦，並不能像利維的幻術那樣真正讓人隱形，只是產生使對方難以辨識的效果罷了。

所以，當【認知妨礙】發揮功效前，對手只要一直用眼睛盯著不放，其效用就會大打折扣。

然而，剛才賽伊姊開始對周圍提高警戒，我抓準這一瞬間的破綻，巧妙

地脫離了她的視野。

緊接著，趁優勢還在我這邊時，立刻進行射擊。

（天賦組合裝備了三重的【弓】類天賦，此外，還搭配了【物理攻擊上升】、【先制心得】、【要害心得】……）

最後，我還從所持道具欄取出這種塗黑的箭矢。

暗殺者的毒箭【消耗品】

ATK＋7 追加效果：中毒3、認知阻礙

這是用鐵箭、【蔭影濃綠染料】，與【中毒4】異常狀態藥這三種道具合成出的特製品。因為數量有限，所以先對賽伊姊射了一根。

「咕!?是毒箭！」

背後中箭的賽伊姊，受到三重裝備弓天賦所帶來的擊退效果而整個人往前撲倒。

由於是背擊加上要害、先制攻擊，配合我的天賦輔助，賽伊姊的點數一下少了3點。

然而她還是馬上爬起身，背靠附近的樹木以防我繼續從死角進攻。

之後，為了解除中毒狀態，她使用了異常狀態恢復藥。

這當中，毒性的緩慢發作又讓她失去了2點。

「云，妳轉職為暗殺者了嗎？好吧，這算是妳目前最接近的天賦組合了，不過要走這條路可是非常辛苦呢。」

（老是有人對我這麼說。果然，繆跟賽伊姊、塔克他們的意見都是對的。）

我在具有消音效果的外套底下自言自語著，接著再度架上暗殺者的毒箭。

賽伊姊似乎稍微解除自身ＭＰ使用量的限制了，只見她預先準備好３顆水球以及防禦用的水盾一面，等待我暴露位置。

因此，我在放箭的同時——

（——《炸彈》！）

「呀啊!?咕！還有弓箭！」

我搭配【千里眼】天賦，使用地屬性魔法的《炸彈》進行座標爆破。

雖然是威力弱的魔法，但還是直擊了停在原地不動警戒我的賽伊姊。

這讓她刻意保留的那些魔法都取消了，我趁她身體失去平衡時又射出暗殺者的毒箭追擊。

加上中毒的緩慢扣血，賽伊姊的點數掉到只剩19。

（能把賽伊姊打到這種地步，應該足以讓御雷神那方的戰力下降了。）

賽伊姊這時再用道具治療異常狀態，接著又想拿出配給的藥水恢復失去的點數。

（休想得逞——《炸彈》。）

我趁賽伊姊從所持道具欄取出配給藥水的瞬間，對準她的手邊進行爆破，把那瓶藥水給炸爛。

「以其人之道還治其人之身，云真是越來越厲害了呢。」

我可不想讓她輕易恢復，只好用剛才她對付我的方式回敬了。

「啊——是御雷神？真抱歉。」

賽伊姊隱約散發出棄戰的氣息時，好友通訊似乎傳來了御雷神的聯絡。

「雖然想為作戰保留ＭＰ，但搞不好撐不下去了。」

果然，她之前是想節約ＭＰ的使用。從這樣的對話推測，她等下可能要使出大絕招了。

「嗯嗯，我一定會把云收拾掉的。如果妳派人增援，她搞不好會利用異常狀態讓我軍自相殘殺，所以千萬不要派同伴來喔。」

賽伊姊已經識破了我的盤算。

其實我也預備了合成過【混亂】與【憤怒】異常狀態藥的箭矢，現在派不上用場感覺有點遺憾。

「那麼，假使我運氣好打倒云的話，待會再碰頭吧。」

說完這番話，大概是好友通訊結束了吧，只見賽伊姊呼地吐了一口好長的氣。

「云，我要繼續囉。」

配合賽伊姊的這句話，我也展開行動。

（少作夢了！——《炸彈》！）

我為了妨礙賽伊姊的動作，同時進行射擊與《炸彈》的座標爆破。

「咕——《冰晶》！」

賽伊姊硬挺住我超近距離下的爆炸攻勢，忍痛發動魔法。

於是以賽伊姊為中心，四周的地面一瞬間就被凍成白色。

包含我射出的箭在內，整個魔法範圍內的物品都結凍了，還徐徐碎裂瓦解。

周圍的樹木也倒塌了，在銀色世界中失去藏身之處的我，被迫現出蹤影。

「終於找到妳了，云。」

「賽伊姊……」

四散碎裂的冰片在空中飛舞，每當碰觸我的身體就會帶來傷害，使我的點數減少到12點。

然而以賽伊姊僅存的MP，就算想發出高階魔法一次已是極限了吧。

我也為了打倒賽伊姊而舉起長弓。

「──《漩渦海……》」

在賽伊姊的魔法完成之前，一枝箭從天而降，刺入她的肩膀。

「……時間、差。」

她這回沒法再像先前那樣，忍痛施展出魔法，手中所握的長杖也應聲滑落。

「──《魔弓技・幻影箭》！」

此外，我射出的箭矢還拖著赤紅尾巴，自箭尾另外岔出四根魔法箭殺向了賽伊姊。

「咕，呀啊──！」

《魔弓技・幻影箭》，是在GVG規則下依然有效的多段式武技，共計5

枝的箭矢各自都有傷害判定效果。

剛才超近距離下的爆炸只是為了讓對手眼花，緊接著再透過從天而降的【麻痺】箭頭阻止對方行動，這就是我的作戰計畫。

最後用多段攻擊的武技大量奪取賽伊姊的點數，把她的點數減到只剩１點。

我走近仰面倒在地上，且因【麻痺】而動彈不得的賽伊姊身邊。

「我輸了啊。」

「我不想採取正面交鋒所以才使用那種方式戰鬥。對不起了，賽伊姊。」

「云不必向我道歉啦。」

對於臉上掛著嫻靜微笑的賽伊姊，我冷不防拋出一個疑問。

「賽伊姊為何要鎖定我廝殺呢？」

「云不是會從望樓上進行遠距離射擊嗎？所以，倘若放著云不管，長期下來會使我方陷入不利的。」

「原來如此。能讓妳那麼看重，我思考的作戰策略也算沒有白費了。」

我羞赧地笑道，並蹲到因【麻痺】而無法動彈的賽伊姊身邊。

「那麼，我要讓賽伊姊脫隊囉。」

「嗯，云今天也很拚命呢。」

我自腰際的皮帶抽出菜刀，用刀尖輕輕壓了一下賽伊姊的手臂。

這麼一來，她剩下的點數就歸零了。我目送化為光粒的賽伊姊被強制傳送出去。

「……不過GVG還沒打完啊。」

我自所持道具欄取出配給的藥水將點數恢復為17點，接著急忙衝向庫洛德他們進行襲擊的地點。

為了避免被人發現，我盡量讓自己融入森林的背景，等到了樹木被夷平的地點附近，仔細一看，才發現現場已陷入了混戰狀態。

比賽剩下的時間不到十五分鐘了，雙方都使出渾身解數進攻，完全不想保留力氣，就算是多減對手1點都好。

庫洛德像是不要錢一樣亂撒闇屬性的魔法，繆則在戰場上東奔西跑同時用恢復魔法幫尚未受過治療的同伴補血。

至於御雷神那方，則巧妙地集結成戰鬥集團，讓點數極端減少的同伴先退到後方交由【醫護兵】恢復，才再次送回前線。

「我所能做的，就是在對手恢復傷者前搶先打倒。」

將箭架到弓弦上，我瞄準御雷神隊伍裡試圖退到後方恢復的玩家進行射擊。

敵軍玩家直接承受從側面飛來的塗黑冷箭，再加上太晚處理中毒異常狀態，被我打到直接脫離戰場了。

在混戰中沒幾個人能察覺到我的存在，因此我可以輕鬆鎖定試圖退到後方的受傷玩家狙擊。

儘管當事者發現自己被偷射了，但在尚未喊叫出來前，就被我的第二發箭矢擊倒。

我一個一個細心瞄準要害，大幅減少了對手的總點數，還找空檔對我軍進行火力掩護，阻斷對手發出大絕招。

「森林裡有狙擊手啊！所有人，先稍微退後！」

等撂倒五個人後，御雷神總算發覺情勢有異，加強了對森林這側的攻擊警戒。

御雷神隊伍的人馬都忠實聽從指揮官的命令，正開始緩緩後退，我方的庫洛德也下令停止追擊。

目前ＧＶＧ的整體局勢是——

我們這隊的剩餘點數——142點。

御雷神那隊的剩餘點數——119點。

剩下的時間不到十分鐘了，占領對方陣地這項勝利條件已毫無可能，要把對方所有玩家全滅同樣來不及。

因此，根據目前的總剩餘點數，我方只要保持優勢即可不需冒不必要的風險。

「呼嗯，勸你們還是乖乖認輸算——不，不對！所有人，快攻擊御雷神他們！不要給他們恢復的機會！」

「現在才發現已經太遲了！大家快拿出藥水使用！」

在御雷神的指示下，殘存的玩家們紛紛取出配給的藥水替自己恢復。

把戰鬥拖到最後一刻並故意露出不利的態勢，接著才取出刻意保留的配給藥水試圖一口氣逆轉。

當時間剩不到一分鐘時，我方想反應也沒機會了。

「——《空間炸彈》！」

然而，我還是抓準了這一刻。

除了隱蔽在森林裡，緩緩削減對手的點數外，直到最後我都不敢輕忽，仍然以【千里眼】進行觀察。

之前我使用配給藥水被賽伊姊干擾的經驗，就讓我聯想到這樣的可能性。

果不其然，我的預感命中了。當敵方隊伍的玩家紛紛拿出藥水進行恢復，我鎖定他們的手邊引爆無數顆《炸彈》。

「──嘎!?」

儘管無法阻止每一位對手恢復，但座標爆破還是能帶給敵軍少許傷害。

接著，伴隨蜂鳴聲再度響起宣告ＧＶＧ活動結束，比賽結果也顯示在畫面上。

【剩餘總點數：142vs139──勝者：庫洛德隊】

雙方在短暫的沉默過後──我方這邊的玩家們爆出了勝利的怒吼。

歡呼中也夾雜了我的聲音，我從剛才躲藏的森林裡衝出來，與距離最近的友軍擊掌慶賀。

「繆！」

「云姊姊！」

「太棒了！我們贏了！」

「嗯，我們戰勝御雷神跟賽伊姊他們了！終於成功了！」

就這樣，直到大家從ＧＶＧ的原野被強制傳送回【八百萬神】公會的據點為止，我們都彼此慶賀恭喜著。

第四章　地圖繪製與地下溪谷

ＧＶＧ分出勝負，所有玩家都被強制傳送回【八百萬神】的公會據點後，眾人便直接開起了宴會。

整整觀戰一小時ＧＶＧ戰鬥的其餘玩家們，也透過重播的方式反覆研究我們的對戰影片，相互討論自身將來可使用的戰術、戰略。

此外，有參加活動的人除了在積極尋找下次比賽的隊伍成員外，勝者相互慶賀，敗者則跟同伴們開起了檢討會，紛紛為了之後的交流而加深彼此的情誼。

至於在募集下回的隊伍成員方面，戰鬥角色跟生產角色，並沒有出現哪一方比較被重視的現象。

玩家們仍處於嘗試的階段，想知道隊伍裡有生產角色，或是不同種類的生產天賦，以及特定生產天賦的人大量加入會帶來什麼影響……就像這樣大家都還在進行各種試誤吧。

總之，我當初參與的目的，也就是展示出生產角色在ＧＶＧ活動中的方針，應該算是成功了吧。

「呼，好累啊。我之後再也不想參加了。」

「我也不想再遇上轉職刺客的云啊。如果妳當我的同伴倒是非常可靠就是了。」

「賽伊姊，我是生產角色，可不是什麼暗殺者。」

我立刻冒出這句要求賽伊姊訂正，結果她卻只是面露微笑無視於我。

ＧＶＧ結束後，我跟賽伊姊一塊待在化為宴會場地的【八百萬神】公會據點一角，悠閒地享受這段時光。

大概是欣賞過先前我跟賽伊姊的戰鬥吧，那些觀眾紛紛對我們出聲致意，當我也對他們露出親切的笑容時，有個熟面孔靠了過來。

「云跟賽伊小姐，辛苦你們了。剛才的戰鬥好精采喔。」

原來是瑪琦小姐帶著夥伴——魔冰狼里克爾，以及機關魔導人偶露芙抵達這裡了。

「瑪琦小姐，謝謝妳的誇獎。不過，我還是不習慣戰鬥簡直快累死了。」

我這麼說並露出有氣無力的笑容，瑪琦則以些微的苦笑回應我。

這時，賽伊姊好像對佇立在瑪琦身旁的機關魔導人偶露芙相當感興趣。

「瑪琦，這孩子就是傳聞中的機關魔導人偶嗎？好可愛的女生唷。」

『初次見面，云小姐的姊姊，我是主人忠實的女僕名叫露芙。』

露芙就像個標準的女僕機器人一樣深深一鞠躬，這個動作讓她露出了插在頸子後方的發條，使她不同於玩家跟NPC的特殊身分更加突顯出來。

隨後，再度抬起頭的露芙，儘管面無表情卻隱約散發出一種對自己的主子瑪琦相當自豪的姿態。

「妳在我們公會的玩家之間也掀起了話題耶，瑪琦能再製作其他的【機關魔導人偶】嗎？這孩子好可愛喔。」

「唔——妳有興趣瞭解這麼做需要先準備哪些道具嗎？」

「願聞其詳。」

被【機關魔導人偶】引發興趣的賽伊姊，邀請瑪琦在自己對面坐下，以便好好討論。

我則默默豎耳傾聽賽伊姊與瑪琦的對談，並將自己置身GVG後的疲憊感與宴會的嘈雜當中，徹底放鬆緊繃的肩膀。

「那麼賽伊小姐，妳想拿【機關魔導人偶】做什麼用途？是戰鬥？服侍？還是觀賞用？」

「呃……我想是觀賞用吧。」

賽伊姊微微歪著腦袋，臉上浮現好像有點困窘的笑容。

既然是OSO最大規模公會【八百萬神】的副會長親自委託製作【機關魔導人偶】，想必是要用在公會據點的管理與服侍工作上，結果沒想到竟然是為了觀賞用。

「我們公會裡的生產角色們，一看到瑪琦的露芙，就想幫她換衣服、打扮什麼的……」

實際上，那群擁有【裁縫】類天賦的生產角色，已經利用宴會的喧鬧氣氛、其餘玩家在旁的鼓譟，以及一時興起的衝動，把自己製作的裝備拿出來請露芙試穿，簡直就像在上演時裝走秀。

甚至就連剛剛在【八百萬神】觀戰的繆小隊成員們，此刻也被繆的鼓吹影響以及周圍的氣氛感染，紛紛換上可愛的衣服或類似角色扮演的裝備，走起臺步。

「看吧，他們就是像那樣很希望有位負責試穿的模特兒。」

「原來如此呀。好吧，我雖然不能把露芙借出去，但要協助你們製作是沒問題的。只不過，如果想修理好人偶，除了素材以外，還需要具備【鍛造】與【工藝品】天賦喔。」

「關於這點，我們這裡也有對相關技術很感興趣的人，所以不成問題啦。」

於是交易就這麼談妥了，瑪琦負責提供與【機關魔導人偶】相關的情報，至於賽伊姊這邊則負責護衛前往其他區域挖掘稀有礦石的人員。

但事情還沒結束——

「云當初也在修理露芙上幫了不少忙對吧，這次如果妳能再加入，我會很高興喔？」

賽伊姊對一直坐在旁邊默默不語的我拋出話題。

「呃……我是有參加過啦，不過就算少了我也沒什麼影響啊。」

「必須要先收集【機關魔導人偶】的零件對吧？如果讓我一個人去找，恐怕得花很久的時間……畢竟我的掉寶運實在太差了。」

賽伊姊很寂寞地喃喃說道。

賽伊姊在遊戲裡的撿道具運跟掉寶運一直很糟。說穿了——她似乎背負著【物欲感測器】這種不良的屬性。

以結果論，她的運氣雖差但還在系統合理的機率範圍內，只是這個詛咒大概是跟了她太久了，一旦遇到要收集出現機率低的道具時，她就會變得很消極。

「好吧，我知道妳很在意物欲感測器那件事，那我就幫忙好了。」

「謝謝妳，云！公會這邊也會提供協助挖掘的人手，此外每個找到的零件我們都會付報酬喔。」

「嗯，我想這樣應該可以了吧？反正荒野地區那塊我也還沒完整探索過。」

被委託的工作內容是我擅長的道具採集與挖掘，所以我就欣然接受了。

就像這樣，我跟賽伊姊、瑪琦小姐三人，待在宴會的一角，聊著【機關魔導人偶】的話題消磨時光。而在午夜時分之前，年紀比較小的未成年玩家們也一個個陸續登出遊戲了。

然後，過了幾天——

「嗨，小姐，今天就要麻煩妳啦！」

「記得之前提過會帶【採集】跟【挖掘】的幫手過來，對吧？」

「是沒錯，不過等下要去的是荒野地區耶？護衛總是不可或缺的吧。」

我在等待【八百萬神】的玩家抵達時，發現來者是以御雷神領頭，後面還跟著刀劍鍛造師歐德納西與鏤金師藍格雷。

「荒野地區的敵怪靠我一個人就能單獨應付了，所以這回大家就跟從擔任隊長的小姐行動吧。」

御雷神說完這番話後，我看向佇立在她背後的那兩名生產角色，睡眼惺忪的歐德納西回答沒問題，至於藍格雷也好像有些困窘地點點頭。

這回在荒野地區出沒的敵怪等級應該不至於把我捲入嚴苛的戰鬥，至少不會像之前在【鬼人的別墅】迷宮所遭遇的頭目敵怪連續戰鬥，或是進入競技場挑戰那樣吧，我心想。

「那麼，御雷神還有大家，今天就拜託你們啦。」

「我們這邊才要拜託妳帶路呢，小姐請吧。」

「請多指教。」

「我跟歐德納西也是頭一次挑戰荒野地區，各位多擔待了。」

大家這麼說著，朝彼此打招呼。

不知為何，這種客套的氣氛就好像在組野團一樣，我抱持如此的感想。

「那麼，我們出發到荒野進行【採集】跟【挖掘】吧。」

聽了我的這句話，原本在窗邊晒太陽的利維便站起身，柘榴也鑽進了牠的固定位置——我的兜帽當中。

我將那三人領入【加油工坊】的工作區，透過設置在其中的迷你傳送點跳躍到迷宮城鎮，再從那邊往位於南側的荒野地區前進。

「如果想拿到需要的【機關魔導人偶】零件，就必須前往在遺跡物體裡的挖掘點才行，先以那邊為目標吧。」

我這麼說完，歐德納西及藍格雷便各自默默取出鐣子與鐵鍬，展示出他們的幹勁。

是說現在還用不著啦，我不禁對他們的鬥志露出苦笑，同時跟御雷神他們討論起在荒野的行動方針。

「行動時極力迴避戰鬥可以嗎？是說如果所有人都擁有可以騎乘的使役獸，就可以靠腳程快速移動了……」

「那部分就不要強求了。既然小姐比較重視搜索敵人的位置，那我也會適時打倒一下敵怪。」

御雷神這麼答畢，用六角棍敲敲自己的肩膀。

我相信御雷神的保證，開始闖入荒野地區。

在這片只有稀疏紅棕色植物的大地上，不論是地底、地面，或空中都會有敵人侵襲。

上次造訪這裡的時候，我們因為事前知情便採取了搶先掌控戰鬥主導權的方式——

「——喝呀啊啊！」

結果御雷神這時卻高高舉起六角棍，然後往地面用力一敲，這股衝擊力道逼使原本隱藏在地表下的【陷阱鼴鼠】慌忙衝出來，立刻慘遭御雷神擊倒——

「太嫩了！哈啊！」

從頭頂上方來襲的音速神鷹，則渾身纏繞著風之障壁對我方展開突擊，然而御雷神卻好整以暇地輕鬆反擊，直接貫穿敵怪防禦的中央，破壞掉風之障壁後把音速神鷹敲落地面。

「鈍，太鈍了！俯衝與攻擊的串聯速度太慢了啦！」

至於上回我們極力迴避、在荒野地區徘徊的【清道夫鬣狗】群，則被御雷神一擊而潰。

到了最後——

「這傢伙喔，靠我一個人就有點累了。小姐！請妳別再躲了全力支援我吧！」

「別再叫我小姐啦！真是的，我知道這個敵怪會一直追殺玩家啦！《附加》——攻擊、防禦、敏捷！《屬性附加》——武器！」

我對御雷神施加三重附魔，此外還捏碎一顆風屬性石幫她的六角棍加上風屬性。

「能一對一打這傢伙，機會還真難得哩！讓我好好享受一下吧！」

『KUUUURRRRAAAAA！』

有玩家體型幾十倍的大型敵怪——巨岩蠍揮舞起凶狠的鉗子，但御雷神卻靈巧地鑽過去用六角棍毆打。

至於我，則跟歐德納西和藍格雷一塊躲在附近的大岩石後方，觀看御雷神以一副愉悅的表情，用六角棍打斷巨岩蠍有甲殼覆蓋的腿部，或是擊破牠那身以岩石附著的外殼。

「御雷神她……不會變得比之前更強了吧？」

「嗯，因為她是御雷神會長嘛。」

「她的實力根本不在我們所能理解的範疇內。」

由於御雷神獨自一人吸光了巨岩蠍的仇恨值，我們基本上是安全的。

然而，巨岩蠍不時會舉高的尾巴前端還是會有毒液流彈噴過來，逼使我們得乖乖躲在岩石後頭。至於被戰鬥吸引來的其他敵怪，為了避免我們的藏身處曝光，則必須透過防具的【認知妨礙】效果與利維的幻術應付。

接著，又過了十分鐘左右，被御雷神擊倒的巨岩蠍便化為光粒消失了。

「什麼嘛，有了小姐的輔助後，這種強大的敵怪也不過爾爾嘛。」

「會做出這種評價的，只有御雷神會長而已。」

「就是說啊。不過比起那個，大家還是趕快前往云所說的遺跡物體吧。」

大概是早就看習慣了吧，歐德納西及藍格雷若無其事地催促小隊繼續前進。

「真是的，太離譜了吧，唉……」

就我的立場，眼見之前我拚死想要逃跑、繞過的強敵，現在卻被御雷神以正面交鋒的方式打倒了，思考不禁有點陷入混亂。

不久，我們便藉由御雷神放的無雙前進到相對安全的荒野，並成功抵達第一處遺跡物體。

「那麼，大家進去裡面的挖掘點尋找廢棄物道具吧。那玩意透過鑑定，就可能出現【機關魔導人偶】的零件喔。」

「知道了。那麼，大家趕快把裡面的東西撿一撿吧。」

「啊——好像需要【鑑定】天賦耶。早知如此，就該帶一個會鑑定的生產角色一起來了。」

歐德納西和藍格雷這麼說道，然後就分頭進入屬於安全地帶的遺跡物體內搜索。

不過在幫忙這兩位助手尋找【機關魔導人偶】的零件之前，我還有其他想做的工作。

「小姐，妳想上哪去啊？」

「我要去外面掌握一下荒野地區的地形，並確認前往下一處遺跡物體的方向。」

「感覺好像很有趣，讓我來陪妳吧。」

御雷神說完，就跟我一起登上遺跡物體斜向上升的階梯，前往建築物的上頭。

讓利維爬樓梯好像太辛苦了，所以我讓牠待在原地休息，至於柘榴則躲在我的兜帽中被我一起帶上去。

沙子鑽入了只剩下窗框的窗子，使我們踩著階梯攀登時發出喀哩喀哩的聲響，最後我們終於來到建築物的屋頂。

這邊的高度差不多是十公尺吧。儘管不及利利蓋的望樓高度，但在遮蔽物稀少的荒野地區，這樣已經可以看得夠遠了。

「小姐爬上這裡打算做什麼？」

「我要來繪製荒野地區的地圖。畢竟，以後搞不好還有好幾次機會造訪遺跡物體也說不定啊？」

說完，我便取出繪圖用的紙，將【千里眼】視力所及範圍內的明顯地標都畫上去。

包括有挖掘點的大岩石、安全地帶的綠地，以及習慣集體移動的【清道夫鬣狗】在荒野裡的固定巡迴路線等。

「說真的，像妳這種對地圖正確性的堅持與製作毅力，也算是一種才華呢。」

「還好啦，有一半也算是出於我個人的興趣。況且，之前來【荒野地區】

也只探索了外圍的部分而已。」

上次跟瑪琦小姐她們來的時候，因為巨岩蠍始終追著我們跑，根本無法深入荒野地區的內部。

況且那一趟負有收集【機關魔導人偶】零件的任務，所以我們花了好幾天在荒野地區外圍的相同遺跡物體來來回回，最後還從繆手中購買她在荒野其他場所發現的零件才湊齊。

「確實，有地圖的話會很方便啊。以後如果要深入荒野地區就能派上用場了。」

「現在才只畫到這個地區的外圍而已，別那麼性急。」

「不過，妳想繪製整個荒野地區的地圖對吧？既然這樣，在收集零件的同時就順便幫妳這個忙吧。」

我聽了御雷神的話只能面露苦笑，同時為了徵詢歐德納西和藍格雷的意見，先返回底下的遺跡物體內部，順便協助他們挖掘【廢棄物】。

「嗯，那不是很好嗎？有地圖一定會更方便吧。」

「反正收集零件的工作，有我跟歐德納西兩人就夠了，云就跟御雷神會長去專心繪製地圖吧？」

出乎意料地，歐德納西和藍格雷一下就答應我們去外頭製作荒野地區的地圖了。

而且他們已經將挖到的【廢棄物】放進所持道具欄收好，準備要前往下一處遺跡物體。

「咦，真的可以嗎？不過，這跟找零件一點關係都沒有喔，而且這種場合請護衛應該得付錢之類的。」

「只要御雷神會長不介意應該就沒關係吧？如果妳真的很介意的話，可以等繪成後複製幾張送給會長，那不就好了嗎？」

「假使這樣你們可以接受的話——那就有勞了。」

我慎重其事地再次低頭拜託，害藍格雷臉上浮現苦笑並不停揮手，抱怨我太拘謹了。

至於御雷神，為了確保我們能安全前進已經先出去收拾敵怪了。

隨後出發的我們，一邊步行一邊在途中遇到的挖掘點收集礦石與化石，抵達安全地帶的綠地也稍事休息，還一點一滴補滿地圖的空白。

「好，這裡就是最後一處遺跡物體了吧？」

「應該沒錯。那麼，我跟御雷神還是到外面補足地圖，麻煩歐德納西跟藍格雷下去收集零件了。」

把剩餘的工作交給那兩人後，我跟御雷神像先前一樣登上遺跡物體的頂端。

「從這個地方已經可以看見荒野地區的邊界了耶。」

我這麼喃喃說道，並將周圍可以當地標的物體畫在地圖上，最後目光落在南方。

越往南邊走，紅棕色的荒野大地就越偏向黃色，終於形成沙漠地區。

「那隻就是這個地區的頭目嗎，我還是第一次見識啊。」

這時，御雷神如此咕噥著，在荒野與沙漠的邊界線之前果然有一隻頭目敵怪。

那隻大型敵怪的胴體如蛇般修長，生有尾巴，至於上半身，則是足以將玩家整個吞下的巨大蜥蜴腦袋。牠就像是要妨礙人們穿越區域界線般橫躺在那裡。

那種蛇跟蜥蜴的混合生物，會撐起蜥蜴狀的上半身，並用蛇狀的下半身努力扭動四處爬竄。

雖然可以用肉眼捕捉牠的身影，但因為距離太遠，還無法確認該敵怪的名稱。

「啾!?」

柘榴或許也注意到蛇蜥蜴的存在了，只聽見牠嚇得叫了一聲，還用兩條尾巴纏繞我的脖子。

「啊——好想打一場啊，跟那隻蛇蜥蜴。」

「那麼巨大的傢伙到底要怎樣才能打倒……」

頭目敵怪每一個動作都會揚起漫天沙塵，感覺光是被牠的移動牽扯進去都有可能被輕易壓死，我可完全不想主動與牠戰鬥。

聽了我的疑惑，御雷神發出「唔——」的低吟聲後開始思索。

「關於這點，恐怕只能多挑戰幾次進行驗證、努力打倒牠才能知道了吧？

比起那個我覺得更該考慮的是，通過荒野地區後如何面對沙漠啊。」

「對喔。沙漠的白天雖然酷熱，一到晚上好像又會超冷，可能得先做好完善的準備才行。」

就算站在這裡，也能遠眺沙漠景色因高溫空氣而搖晃的現象。

白天需要耐熱裝備，夜晚又得換上耐寒裝備，得嚴格區分兩套來使用。

因此就算打倒頭目蛇蜥蜴，想立刻闖入沙漠地區恐怕也很困難。

「好吧，反正地圖也畫完了，等歐德納西跟藍格雷把【廢棄物】收集好，我們就回城鎮吧。」

說完，御雷神率先從遺跡的屋頂步下階梯。

我本來也想尾隨他走下階梯，但卻忽然用手抵住下顎，仔細盯著手邊的地圖。

「怎麼了？小姐，有什麼不對嗎？」

「嗯，我對某件事有點在意，待會再告訴大家。」

我這麼答完後，將地圖收起來繼續往下走，這時原本在遺跡內部深處挖掘的歐德納西和藍格雷也回來了。

「廢棄物都撿完了，妳們那邊呢？」

「我們這邊的小姐也畫完地圖了，但她好像發現了什麼疑點。」

由於歐德納西主動出聲問道，御雷神便代替我回答。

我為了讓大家看完成品而攤開地圖。

「喔喔，這就是繪製完畢的地圖嗎？沒想到這裡有會出化石的挖掘點啊，下次想做化石的骨飾品時可以再來一趟。」

藍格雷把頭湊近地圖，用鏤金師的口吻這麼喃喃說道，我聽了不禁浮現苦笑，並將先前自己感到疑惑的事說出口。

「雖然地圖已經畫好了，但這荒野的綠地安全地帶卻呈現一種獨特的形狀。」

「獨特……嗯，對耶。說是圓形又不太一樣，長得像史萊姆？」

「更正確地說，是水滴形吧。」

當御雷神跟歐德納西在點頭的時候，我像是要確認自己對安全地帶形狀的想法般再度說道。

「還有，即便是少數的綠洲泉水也一樣呈現水滴形，而泉水都流往水滴的尖端方向最後沒入地表。如果把這些水流的方向都延伸出去——」

在完成的地圖上，我將水滴形安全地帶與綠洲的尖端都畫出延長線。

接著，我發現有幾條延長線最後會合而為一，甚至所有延長線的交叉點都在一直線上。

「這是？有一條從西北向東南延伸的線啊？」

「我猜是荒野地區的水流方向……應該沒錯吧？」

我有點沒自信地答道，御雷神則興匆匆地盯著地圖。

「這是一個很有趣的猜測。況且與其現在就從荒野的深處打道回府，還不如去這條線探索一下怎麼樣？」

御雷神用指尖劃過地圖上的線，並對歐德納西與藍格雷問道。

接著，那兩人都面帶微笑地點頭同意。

「既然原本該做的工作都做完了，這點小事我當然奉陪囉。」

「對啊。光只是找路回去未免太可惜了，而且既然有地底下的空間搞不好那邊還有傳送點，我們可以更輕鬆地回城鎮也說不定。」

獲得御雷神他們的首肯後，在返回迷宮城鎮之前，我們先抵達了地圖上那條線的端點。

「不過話說回來，這裡的正下方真的有另一個空間嗎？」

「看地圖的形狀總覺得應該是另有玄機，不過……猜錯的可能性也不是沒有。」

我用單純猜測，不，應該說懷抱希望的心態答道。

就在這時，利維的耳朵急遽抖了幾下，似乎感覺到有什麼不對勁，而柘榴也從兜帽裡探出小腦袋急促地抽著鼻子。

「……啊，利維，柘榴，你們怎麼了!?」

「動物的感官會接收到人類無法察覺的訊息，應該是這個原因吧？」

說完，我們就跟著搶先走在前頭的利維以及從兜帽鑽出來的柘榴，直到某一點才停下腳步。

「利維，柘榴，是這裡嗎？」

「啾～」

只見利維自信滿滿地用鼻子噴氣，而柘榴則在原地興奮地轉圈。

我將焦點鎖定在利維、柘榴帶我們來的這個範圍內，並施展【識破】天賦，果真有反應。

「就在這附近了。不過，入口究竟在哪裡呢？」

這裡完全沒有任何顯眼的地標，只是在一片平地上出現了微弱的反應而已。

就在這時，藍格雷突然蹲到地上，把耳朵貼緊地面。

「御雷神會長，請妳在這邊輕敲一下地面。」

「知道了。喏，這樣可以嗎？」

她把六角棍當成拐杖，敲了敲地表。

「底下有回聲。這下面一定是空心的不會錯。」

「這裡儘管堆了一層荒野的細顆粒沙土，但應該是建築物的一部分。我猜，就類似之前的遺跡物體。」

在藍格雷的嘗試之後，歐德納西也徒手撥開地面的沙土，類似遺跡物體建築材質的表面果然出現了。

今天一天我們已造訪過許多座遺跡，始終在內部觀察的歐德納西，一下子就看穿這個被埋沒的建築物真面目。

不久後——

「遺跡物體……假設這裡是遺跡的屋頂，那這附近應該有……」

之前曾幾度爬上屋頂俯瞰荒野地形的我，試圖找出通往屋頂的階梯位置。

然後，將推積的沙土掃開，果然發現一扇滿布紅鏽的鐵門。

「很好，這裡就是入口了！呼——我、我打不開！」

我抓住鐵門的把手，試圖把門拉開，但大概是長年累積的生鏽之故，厚重的鐵門根本文風不動。

「可能是ＡＴＫ沒有超過一定數值以上就打不開吧？」

「好，那我們也來幫忙。」

歐德納西看過生鏽的鐵門後猜想打開的條件，藍格雷則一起抓住門把想助我一臂之力。

這當中，利維也銜起我的衣角幫忙拉門，柘榴則用後腳站在稍遠處幫我加油打氣，兩條尾巴與前腿還不停擺動著。

雖說完全稱不上戰力，但模樣好可愛啊，我心裡這麼一想反而脫力了。

「稍微退後吧，讓我來。」

看我們毫無進展的樣子，御雷神出聲要求道。

「御雷神？」

我們立刻放開門把，將門口的位置讓給御雷神。

御雷神為了確認鐵門的結構而蹲下去。

結果她並沒有抓住我們剛才死命硬拉的門把，而是找到另一處足以讓手伸進去的縫隙。御雷神確定那道縫隙與鐵門內側是相通的。

緊接著，她把六角棍插入那縫隙——

「嘿咻——」

御雷神用自己的體重在六角棍的一端施力，透過槓桿原理撬開了生滿紅鏽的鐵門。

「「喔喔，真不愧是御雷神（會長）。」」

目睹這光景的我們發出感佩之聲，對御雷神讚嘆不已。

「這麼一來就可以進去了吧？如何？要不要由我打頭陣？」

「不，還是讓我先進去吧。我有【千里眼】的夜視能力。柘榴，可以麻煩你嗎？」

「啾！」

我這麼喚道，柘榴立刻衝上牠的固定位置——兜帽，並製造出可充當光源的狐火以便照亮這座被埋沒在地下的遺跡內部。

「既然這樣斥候工作就交給妳了。所有人都拿出光源！前鋒藍格雷，後衛歐德納西，為了能前後兼顧，我就站在中間的位置。」

「「瞭解！」」

御雷神他們過去可能也造訪過類似的黑暗區域，因此各自都帶著能當作光源的提燈，且在她的指示下，小隊位置一下就分配好了。

在荒野地區尋找【機關魔導人偶】零件時，是由我擔任隊長指揮小隊，御雷神則自由進行戰鬥。不過到了這裡，隊長不知不覺就由御雷神取代了。

「那麼，我先出發囉。」

我仰賴【千里眼】的夜視性能及柘榴的狐火，開始深入埋沒在沙土底下的遺跡物體內部。

這裡跟荒野上乾燥的空氣截然不同，在埋沒的遺跡內部，總覺得一直有一陣溼溼冷冷的風吹拂肌膚。

「嗚嗚，好冷喔！天啊竟然受到了【寒冷傷害】！」

我打開選單，將防具切換成冬季服裝款式的黃土創造者，做為抗寒的對策，然而位於我後方的御雷神他們似乎事先並沒有這樣的準備。

「喔，真的假的？我們沒準備那些東西喔。」

御雷神和歐德納西衣著單薄，藍格雷甚至只是打赤膊再套一件夾克，三人的臉色都因寒冷而顯得鐵青。

「既然這樣，我先給你們熱飲暖暖身子。喝了以後應該會覺得好一點才是。」

水壺裡有能暫時賦予【寒冷耐性】的熱飲，我將它遞給附近的藍格雷，接著那三人就湊在一塊喝了起來。

我趁這時繼續步下埋沒的遺跡物體，並窺探階梯下方的情況，只可惜底下太暗了根本看不清楚。

「得救了啊。因為先前在OSO全域的【寒冷傷害】已經結束，才害我一時大意。」

「不必自責沒關係，比起那個還是先下去吧。」

因為我沒有發現任何敵怪或陷阱的反應，所以就一路往下走了。

「喔喔——這種地方竟然也有挖掘點。我跟藍格雷可以找一下【廢棄物】嗎？」

「既然你們想挖，我們就去找有沒有其他東西吧。」

遺跡的挖掘工作交給歐德納西和藍格雷負責，我跟御雷神則沿著遺跡內部的牆壁徹底調查。

「既然牆壁是溼的，就代表底下果然有水流，應該沒錯吧。」

御雷神摸了摸潮溼且生有青苔的牆壁這麼低聲說道。隨後，我們被一處牆壁在中途倒塌的場所擋住去路。

「小姐，該往哪個方向走？」

「呃，我們剛好面對水流路線的方向啊。」

以方位來說，是遺跡物體的西北側牆壁崩塌了，潮溼的風也是從這邊吹進來。

「接下來怎麼辦？等歐德納西和藍格雷挖完嗎？」

「不，我們先探一下前面的究竟。」

語畢，我跟御雷神並肩靠近崩塌的牆壁，並窺探牆壁破洞另一邊的下坡道路。

結果，我們所看到的——是一座地下溪谷。

「哈哈……真沒想到會發現這種地方啊。」

「我也是，完全沒料到會有這種驚人的發現。」

我跟御雷神一邊發出乾笑聲，一邊環顧這座地下溪谷。

幽暗的地下溪谷呈V字形，其邊緣闢有髮夾彎狀的懸崖通道。

此外，我們還看到好幾道石橋延伸出去，負起連接左右兩方岩壁的功用。

最後，在這樣的地下溪谷裡，一樣有在空中交錯飛過的蝙蝠型敵怪以及在懸崖通道上漫步的敵人。

而更恐怖的是，我透過【千里眼】的夜視能力往下窺看，只能發現深不見底的一片黑暗而已。

「噫……」

「啾～」

我跟柘榴一起發出難為情的驚呼聲，利維也自然而然與懸崖通道保持距離。

「喂，小姐，妳振作一點啊。」

「這、這裡是……不會有危險嗎？」

「嗯，一旦摔下去幾乎是必死無疑吧。而且假使掉到了那個深淵底下，恐怕靠【復活藥】也救不回來了。」

御雷神說完，也俯瞰地下溪谷下方的情況。

「沒問題的。過去攀登巨岩時我也曾從高處墜落，況且這裡的懸崖邊緣還有路可以走，不至於一路摔下去，放心吧。」

我彷彿在自我催眠般不停重複說著沒問題沒問題，並用雙手拍打臉頰振奮精神。

雖然還是有點害怕，但自己應該比過去進步了不少才是。

●

「這裡的【廢棄物】都挖掘完畢了……等等這是什麼鬼地方啊!?」

把遺跡物體內的廢棄物都撿完後，歐德納西與藍格雷也追上我們的腳步。

因地下溪谷的光景而失去勇氣的我，這時聽了藍格雷的話回過頭，只見就連平時總是睡眼惺忪的歐德納西，也瞪大了那雙瞇瞇眼，被前方的光景震懾住了。

「這裡就是，荒野的水所滙聚之處嗎……」

歐德納西靠到懸崖邊緣窺探地下溪谷的谷底並這麼喃喃說著，我不禁對他的舉動窮緊張起來，另一方面御雷神跟藍格雷也開始討論著。

「還有一點時間，要下去攻略嗎？」

「我都可以啦。只不過，假使在途中發現挖掘點，請讓我停下來挖掘。在這種場所搞不好比較容易取得新的礦石或稀有素材啊。」

就像這樣，御雷神跟藍格雷都對前進地下溪谷躍躍欲試。

而聽了他們的對話，原本對地下溪谷感到恐懼的我也引發了強烈好奇心。

「新的礦石……」

「稀有素材……」

這些關鍵字，使我跟原本在俯瞰谷底的歐德納西不約而同抬起頭，還用力吞下一口唾沫。

要是真有那些罕見的生產素材，自己能製作的道具種類就會變多了，搞不好生產天賦的等級也會因此有所進展。

看見我倆正運用起過度豐富的想像力，御雷神和藍格雷不禁面露苦笑。

「看來兩位也有那個意思了吧。起初雖然被嚇得腿軟，但畢竟是天生的生產角色性格啊。」

「嗚嗚，的確，這樣可能會被人覺得很現實……不過我也沒法克制啊。」

「我不會責怪你們的！哈哈，真是可愛的傢伙啊！」

我拋下羞恥心坦率地說出心裡的想法後，御雷神粗魯地摸了摸我跟歐德納西的頭。

不過這種亂揉的動作與其說是摸，不如更像是在搖晃我們的腦袋，因此我跟歐德納西都厭惡地躲開她的手。

「真是的，別把我們當小孩啊。」

「那種動作根本不是摸頭。」

我跟歐德納西紛紛發出抗議。

御雷神享受過我們的反應一會後，正打算要大張旗鼓地朝地下溪谷出發，但一旁的利維卻銜住我的衣服下襬不讓我走。

「啊，對喔，這種地方對利維太危險了——《送還》！」

地下溪谷的懸崖通道太窄，利維走在上面不安全，於是我把牠變回召喚石。

「那柘榴呢？好吧算我多問了。」

「啾～」

為照亮地下溪谷而製造出狐火的柘榴，彷彿在拒絕變回召喚石般用尾巴纏著我。

跟成獸化後有許多場合能派上用場的利維不同，柘榴幾乎沒什麼活躍的機會，因此牠這時想留下的意志才會如此堅定吧。

「不過，柘榴還是幼獸戰力不夠，要記得安全第一喔。」

「啾！」

「哈哈，幼獸真的很喜歡妳呢，我可以理解妳為什麼被稱為【保母】了。」

御雷神說出這個好久沒提及的稱號害我繃著一張臉，不過我沒有管她，直接站到隊伍前頭。

「這條懸崖通道很狹窄，我們還是排成兩列前進吧。」

我這麼說完，就仰仗【千里眼】跟柘榴的狐火，跟御雷神並肩站在隊伍前方，至於後頭則是一左一右前進的歐德納西與藍格雷。

御雷神與藍格雷靠懸崖那側，比較安全的山壁這側則由我跟歐德納西邊調查邊移動。

「小姐，請留步。」

「咦？」

砰——御雷神的手擱上我肩膀示意我停止前進，結果在我的【識破】天賦尚未起反應前，對面那邊的岩壁就有什麼東西發射出來。

「快背靠岩壁！」

我聽從御雷神的號令，背倚著岩壁，隨即從溪谷對面有一道道的攻擊飛來，幸好都被御雷神的六角棍和藍格雷的拳頭彈開了。

「那玩意，是石礫吧。」

石礫伴隨「咻」的風切聲自對岸飛來。儘管我們很想立刻將發動攻擊的傢伙擊潰，但中間有地下溪谷的斷崖阻擋，沒法直接過去。

「能遠距離攻擊的小姐跟歐德納西負責收拾敵人！」

「知道了──《弓技・一矢縫》！」

「──《針擊亂舞》！」

我瞄準對岸的攻擊來源，射出強烈的箭矢，緊接著歐德納西也用兩指夾著苦無（註1）射出六發，結果全都刺中了對面那側的岩壁。

幸好，那隻直到最後都沒有現出真面目的敵怪似乎還是失去了HP，化為光粒消失。

「剛才那傢伙，到底是什麼啊？」

「透過戰鬥紀錄和掉落道具不就可以確認了嗎？」

聽了御雷神這番話，我趕忙打開選單檢視。

「呃，陸生烏賊……所以是陸地上的烏賊囉？」

接著我再檢查掉落道具，選單裡顯示出棕色烏賊的圖示。

「喔呵，這是食用道具【陸生烏賊的觸手】與【陸生烏賊的內臟】耶。下

註1　日本忍者使用的一種暗器。

回，我來料理個花枝腳試試。」

烏賊的腳與內臟……如果真要吃的話，一般的方式應該是鹽醃後再烤吧。

「這可以吃喔？嗯，只要去毒以後應該就能食用了吧。」

直接掉落能食用的道具算是很稀奇吧，我心想，等下前進的時候要留意別再被那傢伙偷襲了——

「嗚呀啊！我被抓住了！」

「保持在原地別動！哈啊！」

敵怪好像很擅長擬態，當我左手撐著岩壁想繼續前進時，突然感覺到某種軟糊糊的觸感，而對方伸出的觸手也抓住了我的左臂與左腿，御雷神隨即用六角棍把對手戳倒。

「嗚嗚，又溼又黏又有腥味……」

被抓住的左臂感覺好噁心，我不禁這麼咕噥道。

柘榴好像也聞到烏賊的腥味了，躲在兜帽裡不願出來的樣子。

「那麼，可以來一隻不是軟體動物的敵人嗎？」

御雷神才剛這麼說，懸崖通道的另一頭就有個泥巴做的人型敵怪——軟泥人緩緩朝我們來襲。

「喝──《六連旋打》！搞什麼，這傢伙體內連骨架都沒有啊。」

御雷神立刻連續施放武技，但形狀不定的軟泥人，儘管HP暫時下降，身體各處也開了能看穿另一邊的孔，卻沒有因此被打倒，甚至那些洞還會慢慢縮小填滿，血量也逐漸恢復。

「御雷神會長，結果又來了一個沒骨頭的傢伙啊。」

「就是說啊，這可不是開玩笑或俏皮話，那傢伙真的會再生啊。我一點也不想在這種地形上進行長期戰。」

睡眼惺忪的歐德納西吐槽道，御雷神雖然不莊重地回了幾句，但同時仍對敵怪冷靜地分析。

但就在這時，軟泥人對正在分析的御雷神振臂一掃。

「──御雷神！」

那隻充滿力道的粗壯手臂，企圖將御雷神打落溪谷的無底深淵。

敵人手臂的長度，幾乎可涵蓋整條懸崖通道，甚至位於後方的我們也能感受到風壓，害我忍不住閉上雙眼。

緊接著，當我再度睜開眼睛時，擺出揮完手臂動作的軟泥人前方，已經不見御雷神的身影了。

「騙人的吧。難道說，她掉進深谷裡……」

「怎麼可能嘛！嘿呀！」

依然不見蹤影的御雷神說話聲從溪谷的方向傳來。

我們慌忙探頭窺看溪谷下，只見御雷神用單手抓住懸崖通道的邊緣，正吊掛在斷崖上方。

隨後，她左右用力晃動身體，朝岩壁的側面攀附過去，藉此繞到軟泥人的背後。

「那麼，換我回敬了！」

御雷神以六角棍橫向一掃，將軟泥人打入谷底。

之後，軟泥人撞擊了好幾次溪谷途中的懸崖通道，並繼續往下滾落，最後終於看不見了，而同時我們也確認所持道具欄裡面有掉落道具出現。

「這個地方雖然不太適合戰鬥，但比起地表的荒野地區，這裡的敵怪並不強嘛。」

「或許就是因為太弱才躲在地底下？一旦跑到地表上就會被捕食之類的。」

「也有可能是一定要水分才能活下去？」

「真有趣啊，考察各種敵怪如何適應特殊的環境。」

我隨口一聲喃喃自語，讓歐德納西與藍格雷也搭起順風車，一邊走著，一邊討論起關於這座地下溪谷的設定，以及各種在腦內妄想的遊戲內容。

在這種氣氛下探索區域讓人感到意外地輕鬆愉快，於是大家都忍不住把戰鬥丟給御雷神而熱中於討論了。

不過，就連御雷神好像也很感興趣地聽著我們的談話，她還得獨自一人站在隊伍前頭處理敵怪。

就這樣我們幾度走到懸崖通道的末端，再一個髮夾彎調頭繼續往下走，有時還得小心翼翼地通過連接到對岸的石橋。

此外，在途中發現挖掘點時，我跟歐德納西、藍格雷也會輪流收集，結果——

「啊啊！我這把黑鐵製的十字鎬壞掉了!?」

「我的鐵製工具也動不了一分一毫。早知道就帶更高階的金屬道具過來了。」

「那麼，挖出來的礦石是——【精金礦石】，又是一種前所未見的金屬啊。」

三人合力挖出的礦石共有39個，其中8個是【精金礦石】這種稀有的玩意。

然而，礦石要以五個為單位才能鑄成錠塊，因此就算把八個分給三人也毫無任何用處。

為了確保足夠的數量，恐怕得挖壞更多把十字鎬才行了。

「啊——竟然會在這裡壞掉真叫我震驚啊。」

因為愛用的十字鎬損毀了令我心情低落。

「算了，道具這種東西遲早會用壞的。比起那個，小姐跟歐德納西你們移動時還是要偶爾戰鬥一下才能慢慢適應這裡喔。」

「……我知道了。」

垂頭喪氣的我點點頭，隨便找一隻軟泥人出手攻擊。

「——《泥土盾》。」

自岩壁垂直伸出的泥土盾撞向軟泥人的側腹部，直接把牠推落谷底。

接著，我的所持道具欄就多了掉落道具。

「……這種殺敵方法真過分啊。」

「別管我了。現在，我只想找人出氣而已。」

「如果是在動作遊戲我倒是看過那種妨礙方法。」

「真巧耶，我玩其他動作遊戲也因為類似的機關被打下去好幾次。」

有點自暴自棄的我，只是單純聽著歐德納西與藍格雷的對話，並默默前進。

最先跑過來的軟泥人，我是靠《炸彈》魔法阻擋牠的腳步，然後再用《泥土盾》的土牆把牠撞落山谷。接下來的幾隻全都比照辦理。

像這樣我使用土魔法的次數大幅增加，打到一半就學會高階的魔法技能了。

「喔喔，我學會《噴射炸彈》跟《石牆》了。」

「恭喜啊。結果連【大地屬性才能】天賦也順便成長了呢。」

聽了我的喃喃自語，以御雷神為首，歐德納西、藍格雷都接連恭賀我，於是我決定試用一下——

「是增加追蹤效果且威力提升三成的炸彈，而原本防禦魔法的土牆也升級為石牆了。」

由於《噴射炸彈》面對目標想逃跑也能發揮若干的追蹤效果，之後搞不好會覺得意外好用。

至於《石牆》是取代原先的土牆，防禦耐久都提升了，但尺寸為中的魔法寶石也不敷使用了。

要製作《石牆》的魔法寶石，得耗費大尺寸的寶石才行，想像以前一樣隨手大量發動感覺不太容易。

除了陸生烏賊與軟泥人以外，我們還得以多彩蝙蝠這種成群的蝙蝠敵怪為對手，緩緩朝地下溪谷的下方挺進。

「對岸有陸生烏賊！上空則來了多彩蝙蝠！」

御雷神高聲叫道，正在擊退來襲的敵怪時——

「啊，咦？」

頭頂上方有小碎石如雨點般墜落，使我們不由得仰頭一看。

結果，是在高處的懸崖通道上，已經重生的軟泥人像是要俯瞰我們一樣往下探出身子，然後直接縮成一團滾下來。

「唔!?——《石牆》！」

我估算身體縮成一團的軟泥人會掉到哪裡，並在該處的岩壁垂直伸出石牆。

結果那傢伙並沒有順勢將石牆打碎，反而因身體柔軟而沿著石牆滾了幾圈，最後描繪出拋物線的軌道繼續墜落谷底。

「該怎麼說，這種打倒的方法還真叫人無言耶。」

御雷神他們一邊目送「砰」一聲就彈下去掉進谷底的軟泥人，一邊打倒其餘的陸生烏賊及多彩蝙蝠。

「該怎麼說，在這種場所就是要靠地形戰鬥才會比較輕鬆啊。」

「看了小姐的戰鬥方式，終於明白跟我的差異是在哪裡了。」

御雷神這麼表示，還一副深深被感動的樣子。

御雷神的戰鬥方式是以力取勝的王道風格，但相對地，我的戰鬥方式卻是盡量透過詭計、奇謀，以及周遭的各種環境因素，比較接近旁門左道。

至於歐德納西與藍格雷雖是生產角色，但真要說起來，他們還是比較偏王道的戰鬥方式。

大概是覺得這種差異很有趣吧，御雷神臉上笑咪咪地繼續一馬當先向前進。

「果然還是跟戰鬥風格相異的人組隊比較有意思啊。喔喔，終點總算到了？」

御雷神這麼說道。走下途中有好多個髮夾彎的懸崖通道後，我們發現地下溪谷的一處巨大橫穴。

那裡不但是安全地帶，也有提供玩家跳躍的傳送點正發出蒼白的光芒。

「呼，終於到了啊，耗費了比想像中更多的時間。」

「就是說啊。那麼，只要把這裡的傳送點登錄起來，今天就算結束了。」

說完，歐德納西與藍格雷也接近傳送點那邊，迅速登錄。

我也隨手看了一下時間，看來我們已經在地下溪谷探索很久了。

「是說，地下溪谷好像還可以繼續往下走，我對這座洞窟也滿好奇的。」

對著岩壁上打開的橫穴入口，御雷神探頭試圖窺伺裡面所連接的洞穴。

我則在這座橫穴的安全地帶調查，岩壁上不但雕刻了箭頭記號，甚至還有文字。

「呃……再過去就是【矮人之國】。至於我們走下來的這個地方叫做【尼薩德地下溪谷】。」

我裝備起【語言學】天賦並進行調查，試圖解讀路標上的內容。

雖說我只是低聲咕噥但在橫穴裡迴盪卻意外響亮，因此御雷神和歐德納西、藍格雷聽了我的聲音都看過來。

「我雖然知道小姐有【語言學】天賦，但沒想到能讀懂這個啊。果然，帶小姐一塊來是正確的選擇啊。」

御雷神這麼表示，對於洞穴另一端還有未知的區域存在感到欣喜萬分，臉上也浮現充滿自信的笑容。

「好！那麼【八百萬神】公會的下一個遠征地點此刻決定了！就是這座地下溪谷與【矮人之國】！」

伴隨著御雷神的這番宣言，歐德納西與藍格雷的雙眼都發亮起來。

「矮人、鍛造師、新的工法……」

「再加上，鏤金技術、飾品製作……」

這兩位生產角色，似乎都對矮人存在的可能性滿懷期待。

總之，達成了超乎原本預期目的的我們，便透過這中間地段的橫穴傳送點進行跳躍，返回第一城鎮。

第五章　棉花樹與迷途森林

發現荒野地區下方還有地下溪谷存在的御雷神他們，經過傳送點返回公會後，便立即招募成員對該地展開逐步的探索。

當御雷神等人正在準備進行新的遠征時，我也向【八百萬神】公會借了精銳玩家擔任護衛，與瑪琦小姐一塊重返地下溪谷。

「喔哇，這個地方，還真了不起耶。」

「瑪琦小姐，請小心不要摔下去了。」

我對她這麼說，同時在【八百萬神】的成員守護下連袂闖入地下溪谷。

「喔喔，正如云告訴我的，這裡的挖掘點實在有夠硬耶。我有帶目前硬度最強的十字鎬真是太好了。」

瑪琦使用黑鐵製的十字鎬開始挖開堅硬的挖掘點。

除了多帶幾把十字鎬當消耗品外，還在工具上賦予了【耐久力向上（中）】的追加效果。

至於其他輔助，則是在手指上裝備了【土輪夫的鐵輪】這種可以提供【挖掘加成】的飾品。

「真的可以挖到精金礦石耶！這種新的奇幻金屬在呼喚我的手藝了！」

「對啊。而且，如果可以的話，真希望用這種金屬製作十字鎬啊。」

我這麼表示，並使用瑪琦借我的預備十字鎬一起幫忙挖礦石。

「包在我身上！比起浪費好多把這種耐久補強的十字鎬，不如製作更高階的工具來挖掘效率會更好喔。」

就這樣，我跟瑪琦一處接著一處挑戰地下溪谷的挖掘點。

雖說我也裝備了【土輪夫的鐵輪】，但礦石的取得量卻比瑪琦少很多。

至於我落居下風的理由，是她通過巨岩體內任務後所取得的重要道具──【陸皇龜的獎章】，可以帶來增加【挖掘成功率2%】的效果，害我默默羨慕起來。

然而，像是精金礦石這類的稀有礦石，就算兩個人一起挖掘，還是沒法一口氣大量取得。

此外，當我們兩人在巡迴每處挖掘點，並朝位於路程中段的傳送點前進時，負責護衛的【八百萬神】精銳成員們卻煩躁不安起來。

「放心啦，挖到的東西一定會好好分給你們的，讓我們再多挖一點。」

瑪琦小姐對【八百萬神】的精銳成員們拋了一下媚眼，結果其中的男性面紅耳赤，女性則發出了驚喜的尖叫聲。

瑪琦，妳的存在對男性玩家就是一種罪惡啊，我內心隱約有這種念頭，並繼續挖掘的工作。

途中在休息時，我為了恢復【飽食度】而將三明治與茶遞給所有人。

女性成員們覺得三明治很精緻，除了佩服外還相當開心；另一方面男性成員則依然紅著臉，剛才瑪琦的威力還持續到現在啊，我心想。

之後，當我們平安取得數量足夠的【精金礦石】，便前往位於中間地點的傳送處進行登錄。

從傳送點跳躍回第一城鎮後，為了分配剛才取得的礦石，我們順道前往【八百萬神】的公會據點一趟。

「嗨，小姐妳們也來啦。真是太巧了，稍微過來一下吧！」

待在公會據點的御雷神一看到我跟瑪琦，就用力招手。

我們為了回報這次負責護衛的【八百萬神】精銳成員而送出各種藥水以及剛才取得的素材，等分配完了才去御雷神那邊。

「怎麼了？叫我們有什麼事？」

「小姐妳們想去賞花嗎？」

御雷神唐突問出的這番話，令我跟瑪琦對看一眼後，不解地偏著腦袋。

「又是某種任務嗎？好比過去的桃藤花之樹那樣。」

「錯了錯了，只是單純覺得賞花季快到了，想比真實世界裡搶先體驗賞花的樂趣而已。」

似乎是因為先前我幫了她GVG活動的忙，再加上又替她找到下一回公會遠征的候補地點，所以她才邀我參加這種舒緩身心的企劃吧。

「御雷神，妳說的賞花，該不會就只是開宴會喝酒而已吧？」

「被抓包啦……好吧也罷。賞花的地點，是在戴亞斯樹林東南方的山頂上喔。」

御雷神操作選單，叫出一張螢幕截圖顯示給我們看。

那張截圖上的光景，是被夕陽照亮的山稜，以及一棵被宛如棉花的白色物體所覆蓋的樹，單獨生長在山頂的臺地上。

「這是從遠處截的圖喔。反正現在剛好是賞花季，那附近又是沒有敵怪會靠近的安全地帶。」

除了可以從山頂俯瞰戴亞斯樹林，又能欣賞一旁這棵很像是棉花的樹……該怎麼說，雖然我並不是非去那邊不可，但就當作是去野餐應該也不賴吧。

「不好意思讓妳特地邀我，但這次我就先心領了。因為我還得回去處理【精金礦石】，更何況……」

瑪琦小姐以這個理由婉拒對方，接著又望向公會據點二樓的方向。

那邊是聽說瑪琦抵達以後，正在走下樓的歐德納西、藍格雷，以及其他【八百萬神】的生產角色們。

他們應該很期待瑪琦指導他們【機關魔導人偶】的修理方法吧。

「既然這樣就沒辦法了。那麼小姐這邊呢？」

「別再叫我小姐啦，我不是強調過好幾遍了，真是的。是說，到底該不該去呢？」

如果只是單純的野餐，要跟別的團體一起行動也挺麻煩的，我心想。

「如果是嫌麻煩，那棵樹生長的山頂附近，其實也有傳送點喔。順便去那邊登錄一下如何？」

「嗯，有傳送點的話，我或許可以參加了？」

「很好，那就期待妳親手烹飪的美味料理啦。」

御雷神緊握拳頭，擺出慶賀勝利的姿勢，我雖然對她白了一眼，但隨即又嘆了口氣浮出苦笑。

好吧，反正這次又不是被拉去打什麼頭目戰，偶爾參加一下也不賴，我如此說服自己。

於是，我當場跟瑪琦小姐道別並返回【加油工坊】，在御雷神的殷殷期盼下預先做好賞花料理的準備。

賞花當天──

「嗯唔，希諾跟托比她們，因為等下有行程了，所以無法一塊參加哩。」

「是嗎，那真是遺憾啊。」

把筆電帶來客廳的美羽似乎很不悅地盯著畫面。

雖說是放春假，但每個人都有自己的安排，因此能參加【八百萬神】賞花的就只有露卡多而已。

「啊，她們拜託我截圖喔。呃——回覆『OK，包在我身上』……」

「美羽，我要先登進遊戲喔。」

「咦!?哥哥竟然那麼急！真稀奇耶！」

平常確實都是美羽比我先登入遊戲的時候多，儘管被她覺得很稀奇，但那是因為我有東西要準備。

「呃，不是要賞花嗎？所以，我用多層木盒裝了賞花用的便當。剩下的菜再處理一下就大功告成了。」

「是喔！賞花便當！那，我要點蔬菜肉捲！」

「我知道了，假使有時間我就做。」

「真不愧是哥哥！我會期待的！」

聽到她這麼說，我只能面露苦笑返回自己的房間。

很快，我回到臥室，戴上VR裝置並登進OSO的世界，隨即便降臨在【加油工坊】的工作區。

「那麼，開始準備吧。」

由於食材已經在前一天處理到某個程度，剩下的就只要裝滿盒子就行。

不過，由於那個裝食物的多層木盒還沒送來，在那之前，我剛好可以製作繆所點的蔬菜肉捲。

將切細的胡蘿蔔與青椒等蔬菜用豬五花肉包起來並放到平底鍋上煎，做法非常簡單。

至於調味方面，準備了胡椒鹽與烤肉醬兩種。將剛煎好的蔬菜肉捲斜向切開排在盤子上，這麼一來剖面呈橘紅色跟綠色的美麗蔬菜肉捲就完成了。

「日安～云云，我把做好的多層木盒帶來囉～」

「利利，歡迎歡迎！那麼，我馬上把食材裝進去吧。」

我把事先做好的料理，裝滿利利為我準備的塗漆五層方木盒。

「云云，這些菜也太豪華了吧！我可以先嘗一點嗎？」

「裝不下的可以給你，待會拿小盤子幫你盛起來。」

由於利利隔著【加油工坊】的櫃檯對多層木盒的內容物垂涎欲滴，我只好把多出來的菜餚分給他。

「嗯？柘榴也想要嗎？真是的，拿你沒辦法耶。」

柘榴也跑來我的腳邊撒嬌，露出拜託我的模樣。因為牠實在是太可愛了，我的表情也自然和緩下來。

「柘榴喜歡的，應該是豆皮壽司的油炸外皮吧。來，拿去吃。」

兩眼閃閃發亮的柘榴立刻啃起分在小盤裡的油炸物。

柘榴用前腳抓著以砂糖、醬油、味醂調味的炸豆皮大快朵頤，等吃完以後還對沾了湯汁的前腳舔了又舔。

利利跟他的同伴涅希亞斯也分到了我多餘的配菜，津津有味地享用著。

利利同樣在御雷神的邀請名單之列，此外他好像還想順便調查一下那棵像是長了棉花的樹。

假使那棵樹實際上可以採集纖維的話，利利覺得就能提供庫洛德新的生產素材了。

「第一層是飯糰跟三明治，第二層是豆皮壽司，第三層是炸物跟繆點的蔬菜肉捲，第四層是涼拌蔬菜和煎蛋、清蒸蔬菜、築前煮等小菜，第五層則是爽口的水果切片與凝固果凍。好，應該算完成了吧？」

說完，我再度一層層檢查，最後才蓋上蓋子，用布巾包好，收入所持道具欄。

「那麼，該去集合地點了吧。」

「對啊！我們走吧！」

我帶著同伴利維與柘榴，利利則帶著涅希亞斯，大家一起從【加油工坊】

移動到位於【八百萬神】公會據點的野外訓練場。

在那裡，已經聚集了預定要參加賞花企劃的公會內外玩家共七十名以上，包括塔克與繆，還有他們各自小隊裡的部分成員都來共襄盛舉。

不知不覺，集合時間到了，御雷神與賽伊姊站到講臺上。

「非常感謝大家準時赴約！今天，我們要搶在現實世界之前先在OSO進行賞花活動。那麼，我們的目的地，就是位於戴亞斯樹林東南方山頂的那棵樹！」

說完，御雷神放大螢幕截圖，把像是長了棉花的那棵樹秀出來。

「所有人以此為目標前進。不過話說回來，七十人魚貫前往那邊的話會產生【共鬥懲罰】，況且我們的另一個目標是登錄那座山頂上的傳送點，所以各位要以賞花或登錄傳送點為優先都無妨。」

所有人都豎耳傾聽御雷神的談話，而賽伊姊也接在御雷神之後說道。

「那麼，大家出發吧。賞花活動可以自由開始不必拘泥。」

在賽伊姊的一聲號令下，玩家們一起全力衝向公會裡的迷你傳送點。

此外，那些腳步較慢的玩家們，則離開公會據點到外頭，大概是以第一城鎮中央的傳送點為目標吧。

我覺得根本沒必要像賽跑一樣衝過去啊……

「云云，我們該怎麼辦？」

「悠悠哉哉地閒晃過去也沒什麼不好吧？反正目的就是賞花跟登錄傳送點，根本沒必要焦急。」

因此，我跟利利決定保持野餐的輕鬆心情，盡量選擇安全的道路前進就好。

「那麼，大家走吧！」

伴隨御雷神的這聲命令，設置於【八百萬神】公會據點的迷你傳送點開始依序將玩家送到第二城鎮。

從那邊近郊的森林，可以穿越戴亞斯樹林抵達山頂那棵像是長了棉花的樹。

希望搶先抵達新地點以便取得特權的玩家們，則為了盡量縮短移動時間，朝位於第一城鎮中央的傳送點快馬加鞭。

「好了，輪我們了。」

至於我跟利利，則排隊等待迷你傳送點，等換我們時才跳躍到第二城鎮並往近郊的森林邁步。

「啊，最前頭的那批人已經走那麼遠囉。」

「是說，他們也會把敵怪吸引過去解決掉，只要怪物還沒再生，我們接著走都是安全的。」

既然這樣，能做的事只剩下一件了，我跟利利相識點頭——

「喔喔，這裡生有【科奇花的蕾草】耶。它的味道很苦喔。」

「云云，這邊還有【塔塔拉的新芽】喔。另外，對面則是【魔竹木】的叢生地，要不要順道過去一趟？」

「真的嗎，那搞不好可以發現【魔竹木】的筍子喔！」

我跟利利抓住每一個順道亂逛的機會。

在敵怪弱小卻數量眾多的近郊森林裡，要像現在這樣可以花很長的時間盡情採集道具，可說是絕無僅有的機會。

因為敵怪很礙事，平常基本上只能以收集有用的道具為優先，像剛才提到的食材道具優先順位都很低，在玩家市場上的流通量也極少。

所以，我們抓準這次的機會努力採集，並漸漸往湖泊的方向靠近。

這時，湖面上正漂浮著好幾艘小艇。

「呀呵，各位，今天的漁獲如何？」

在利利的呼喚下，漁船上的釣客們也紛紛舉起手回應。

那些在小艇上的玩家，就是【OSO漁會】的大半成員了。

他們原本就是擁有共通的釣魚興趣才聚集在一塊，因此只要有機會就會像這樣瘋狂釣魚。

「利利，你早就知道今天希奇福克他們也在這裡嗎？」

「嗯。不過云云，情況剛好相反喔！是聽說我們要去賞花的日子後，希奇福克他們才決定挑同一天來這裡釣魚的。」

「就是這麼回事。過來吧，云小姐跟利利，這些漁獲要分給你們。」

不久，希奇福克搭乘一艘漁船返回湖畔，沒下船就隔著湖水把桶子遞過來。

我反射性地接過桶子，但卻被它的沉重搞得踉蹌一下。檢查桶子的內容物，我跟利利都大吃一驚。

「喔喔，好多條美麗的小魚！謝謝你分享給我們！」

「這種小條的淡水魚，稍微炸一下做天婦羅最好吃了。希奇福克，真是感謝你啊！」

我跟利利才道謝到一半，希奇福克就把船划回湖中央附近繼續垂釣了。

他的來去匆匆令我與利利都不禁面露苦笑，而在跟船上的其他玩家們大略致意後，我們也繼續往東南方邁步了。

●

「我之前從來沒有涉足過這一帶耶。」

「對啊。而且這附近，給人一種暖洋洋的舒服感覺。」

戴亞斯樹林的北側，是植被濃密的幽暗森林。但南側就因樹木種類與密度較低，可接受更多的陽光。

因此在溫暖日照的洗禮下，我們可盡情享受一場舒適的森林浴。

篩過枝葉的陽光讓利維舒服地瞇上眼睛，而柘榴也跳下地面到處逛來逛去。

但就在這時，柘榴的兩條尾巴突然倒豎起來，開始渾身發抖。

「柘榴！你怎麼突然這樣!?」

原本在採集點摘野草的我，慌忙跑回柘榴身旁，但柘榴的身體卻猛然噴出熊熊火焰讓我無法靠近。

然而，眼前的火焰一點熱度都沒有，也不會造成我任何傷害。

「云云!?這該不會是！」

「柘榴要【成獸化】了！」

這是使役獸成獸化的預兆。為了避免錯過跟當初利維截然不同的變化方式，我瞇起眼睛緊盯著柘榴不放。

柘榴的輪廓在火焰中只剩下一團黑影。隨後，噴出的火焰徐徐減緩，最終都凝聚回柘榴的兩條尾巴裡。

——【幼獸】狀態的使役獸要長為【成獸】了。之後【幼獸】狀態的能力限制將會解除。

我接收到這條成獸化的訊息同時，柘榴也再度自火焰中現身，但卻跟先前沒什麼改變。

「啾？」

牠微微歪著腦袋，模樣就彷彿在說「什麼？」。我一把抱起牠，觀察牠身上唯一的變化。

「尾巴變多了。」

被我抱起來後似乎心情很好的柘榴，使勁搖著變成三條的尾巴。

「云云，恭喜呀。柘榴榴也平安長為成獸了。」

「是啊。不過，模樣好像沒什麼改變耶。」

好比瑪琦的里克爾，是從小狼長大到足以騎乘的大狼，或者像利利的涅希亞斯，也從毛球般的雛鳥長為美麗的成鳥，但柘榴兩者皆不是。

嚴格說起來，柘榴的成獸化就像庫洛德的襪子那樣，外觀改變的程度只有一點點而已。

「柘榴變成成獸以後不知道會做什麼？」

「因為身體還是很小，只能進行支援或輔助吧？」

「對了，牠應該可以用狐火之類的火焰攻擊吧。威力不知道有沒有提升？」

我重新放柘榴到地面，指向附近的樹木。

「柘榴，攻擊那棵樹！」

雖然不清楚牠能做什麼，但聽了我語焉不詳的命令，柘榴還是豎起三條尾巴並從末端製造出狐火，發射出去。

緊接著，三發火球描繪出平緩的曲線，殺向了我所指定的樹——

「上頭只是稍微燒焦而已。」

「威力相當於初階的魔法吧，但因為有三連發，或許可以期待連鎖加成也說不定？」

我跟利利分別評論起栢榴的狐火。

「啾～」

「啊啊，並沒有批評你的意思啦。反正之後還有繼續提升威力的可能性啊！而且搞不好你還有其他能做的事也說不定！」

我為了安慰陷入沮喪的栢榴而摸摸牠的腦袋。

成獸化的利維，能力包括騎乘、水魔法、淨化、幻術等，但栢榴除了狐火以外究竟還有什麼？其實我比較期待這個部分。

「那麼，檢驗能力等日後再說，今天就先專心享受賞花之樂吧。」

我這麼說完，就把栢榴抱到了利維的背上放好。

一邊享受三隻成獸化的使役獸們聚集在一塊的暖心畫面，我跟利利繼續往那棵像棉花的樹前進。

半路中，我們又順道採集藥草與木材，並盡量收集沿途的所有食材道具。

然而，就在即將抵達目的地的疑似棉花樹之前，一個巨大的障礙物擋住了我們的去路。

「地面有隆起耶。」

「對啊。至於高度，唔——大概有十五公尺左右吧。」

這樣的高度，可以靠我的【登山】天賦爬上去，就算要順便拉利利一把也沒問題吧。

至於利維牠們，先恢復成召喚石，之後再重新召喚就沒問題了。

「嗯，也沒什麼好急的，對吧。」

「就是說啊。先找一個適合攀登的安全地點吧。」

語畢，當我們對這面自西南往東北橫斷隆起的斜面仔細觀察，並尋找可以攀越的場所時，恰好目睹幾名玩家正貼在這塊隆起的岩壁上。

那群人利用高高聳立的岩壁突起物，仰賴自身的身體柔軟度與臂力一步步向上攀登，等摸到岩壁的最高處後才降下來。

「那些人，根本沒使用攀岩安全吊帶或繩索耶。」

「嗯，只要等級夠高，登山是不會那麼容易掛掉的。啊，有人摔下來了。」

只見有一名玩家，正要跳往突起的岩壁時手滑了一下，從大概七公尺的高度摔落，幸好那人馬上採用受身倒地法減輕損傷。

至於周圍的玩家們則看著那人發笑。

這時，我仔細觀察那群人，發現裡面混了一個熟面孔。

「哎呀？是伊旺耶。」

大概是察覺到我的視線了吧，那位渾身肌肉的中年玩家伊旺轉過頭來。

「喔，這不是之前的小姐嗎？好久不見了啊！」

我跟利利走向對我們揮手的伊旺。

過去我在攀登第一城鎮北側的岩壁時，幫助我學習【登山】天賦的登山客就是這位伊旺。

就某個角度而言，他跟熱愛釣魚的【OSO漁會】希奇福克是很類似的玩家，此外也真是久違了。

「伊旺，你最近在忙什麼啊？」

我對這位好久不見的熟識玩家先打了一聲招呼。

「我嗎？正如妳所見，跟公會成員一塊練習抱石（註2）啊。」

註2　不用繩索等器材的一種攀岩方式。

他這麼表示。那群壯碩的男性玩家年齡從青年到中年都有，紛紛過來向我們問候。

對喔，伊旺也成立了以相同嗜好者組成的登山公會，這是可以想像的。

「這附近有一塊高度總是保持一定的岩壁，我們會每次改變攀登的路線以競爭抱石的速度。」

「咦，原來是這樣啊？確實，只要稍微改變攀登的位置就好像爬全新的地點一樣，想必很有意思吧。啊，對了，想請教哪裡是攀越的安全路線呢？因為我們想前往對面那座長了一棵樹的山頂。」

我這麼告訴對方，指出那棵被隆起地面擋住的地標樹大致在什麼方向，結果他立刻為我們解惑。

「如果要去那裡，沿著山壁下往東北方前進，最後岩壁會崩塌成傾斜劇烈的斜坡，要爬的話從那邊會比較好上去喔。」

登山公會的成員們，好像個個都是和善的人，不但送點心給個子嬌小的利利，還親切地撫摸著不死鳥涅希亞斯，同時眼睛發出少年般的興奮光芒。

明明是肌肉壯碩的男子漢們，卻給人一種可愛大叔的印象，我一邊這麼想一邊繼續跟伊旺閒聊。

「你們想去更前面的地方對嗎？這麼說來，今天已經看到好幾位玩家從這邊通過了。」

「那是因為我有認識的朋友，想在對面山上疑似棉花的那棵樹下舉辦賞花活動。還要帶便當過去，感覺就像野餐一樣。那麼，我們差不多該動身了。」

「先等一下。既然你們要離開了，順便帶走這個吧。」

伊旺說完，自所持道具欄取出長有小鏟狀菌傘的蕈類。

「這玩意是生長在懸崖上的【石茸】，屬於食用道具。因為我們拿到了也不會料理，就送給妳帶走吧。」

「長得很像【舞茹】啊，真是太感謝了！」

「哈哈，假使以後又發現什麼就順道去妳的店裡一趟，另外也代我向塔克小弟問候一聲。」

我知道他跟塔克有定期交流，塔克與其他玩家來往時的細心程度也令我感到佩服。

然後，我跟利利一塊前往伊旺教我們的路徑，找到山壁崩塌的斜面爬上去。

通過斜坡道後，又是一片跟山崖下方廣闊森林差不多密度的樹林。

然而，現在這片樹林裡，卻不時會湧起淡淡的一層白霧，讓視野能見度降低。在樹林入口前方的廣場，打頭陣的玩家們不知為何都停下來，當中也混雜了繆跟露卡多的身影。

「啊，是云姊姊！被你們追上了！」

「繆，露卡多，妳們為何要停在這裡呢？」

「姊姊，聽我說！御雷神他們實在是太詐了！」

只見繆死命鼓起臉頰發出抗議，露卡多則在旁浮現苦笑。

在另一頭，其餘玩家們還是走進了白霧茫茫的森林裡。

「她都沒告訴我這座【迷途森林】的事！」

「呃，【迷途森林】是指？」

「如果不走正確路線就會被送回原先地點的森林啊。」

繆說完後，臉上浮現困窘的笑容，旁邊的露卡多則為她進行補充。

至於她所告訴我的，是繆跟她的經歷回顧。

今天繆小隊成員當中唯一有登入遊戲的只有露卡多，因此她就跟繆一塊參加這次的賞花企劃了。

對繆她們來說這裡的敵怪很弱，然而混在領先群當中、試圖以那棵看似長了棉花的樹為目標時，繆她們卻被這座【迷途森林】擋下腳步。

「裡面會被團團迷霧包圍，走錯了好幾次都被強制送回起點！」

「結果我們在迷路時，御雷神會長跟塔克先生卻飛快地通過森林的障礙。」

他們之所以沒被送回這個入口，想必是成功找到了穿越【迷途森林】的路線並順利抵達目的地吧。或者，他們從一開始就知道該怎麼走了。

「氣死人了！御雷神他們故意不告訴我，一定是早就知道我會被【迷途森林】給攔下吧！」

說完，繆氣得直跺腳。

「嗯，妳也沒必要這麼急啦，放慢一下腳步如何？賞花處跟傳送點又不會逃走。」

「不知為何，我就是很懊悔，只想趕快抵達那邊！」

繆認真地這麼答道，並對我跟利利提議。

「所以，云姊姊，利利，乾脆跟我們重組一支小隊吧！」

「組隊？」

「我跟繆小姐，都是專精戰鬥的類型，因此要是能拜託兩位補足探索與發現類的能力，也就是戰鬥以外的部分就好了。」

露卡多對我們詳細說明為何想重組小隊的理由。

「兩個人比單獨好，四個人又比兩個人好，大家合作一定能早日突破這裡的！」

相對於繆的鬥志滿滿，我跟利利則稍微對看了一眼。

「嗯，反正目的地就近在眼前了，組一下隊應該也無妨吧。」

「對啊，我贊成跟繆繆還有露卡卡一起走！」

「太棒了！我最喜歡姊姊！」

繆從正前方攤開雙手試圖擁抱我。

由於事發突然，我不自覺後退一步想避開，結果在那之前，就有一個黑影竄入了我跟繆之間。

那個黑影，輕柔地承受了繆朝我突擊的力道，並阻擋她抱上我。

「啊哇！這個毛茸茸的東西是什麼！好溫暖唷！」

「這是……柘榴的尾巴嘛。」

柘榴三條尾巴中的一條伸到了我跟繆之間。

大概是繆想抱住我的這件事讓牠產生了危機感，牠才做出反射性的干擾動作吧。

察覺到是柘榴的繆，立刻將注意力轉向牠那邊。

「喔喔！柘榴的尾巴變多了！是已經變成成獸了吧，恭喜！」

繆這麼說完後，企圖連柘榴所騎乘的利維也一塊摟住，但這回三條尾巴中的兩條都伸了過來，將繆用力推開。

利維與柘榴雖然極其不悅地保持距離，但相反地，繆卻將臉埋入柘榴伸過來的尾巴裡摩挲臉頰，一副很幸福的模樣。

就這樣，我透過繆的行動弄懂柘榴成獸化以後的新能力——那就是能自由操縱三條尾巴，進行防禦與迎擊。

狐火、自動防禦、自動迎擊——這三項是我目前已經確知的能力。

與其說牠是輔助類的使役獸，不如更接近防禦和反擊專門的同伴，只是也許牠身上還有其他隱藏的能力也說不定。

就像這樣讓繆鬧了一陣後，我們決定先跟她們兩人一塊重組小隊，繼續挑戰前方的【迷途森林】。

繆將她們幾度挑戰又被送回起點的【迷途森林】規則告訴我們。

當然，只有走正確的道路才能穿越全程。

一旦走錯路，身體就會被迷霧包圍，返回入口處的廣場。只是，如果能趕在一定的時限內返回正確的道路上，就不會被送回並且能繼續挑戰。

森林的各處都有疑似提示的東西存在，但什麼才是正確答案依然難以分辨。

聽了這樣的說明，我們決定先進去一次再說——

「喂，云姊姊，妳有發現什麼嗎？」

「線索太多了，反而沒法判斷是真是假啊。」

我透過【識破】天賦環顧被迷霧所籠罩的【迷途森林】，結果看到了各式各樣的反應。

包括鋪在地上的石板道、似乎有動物通過的獸徑、燈籠路標、在樹幹側面上以刻痕做出的路標，以及走了幾步又回過頭好像在引誘我們跟隨的奇幻小動物。

「我跟繆小姐曾經追隨過獸徑、燈籠，以及小動物的引誘，結果都被送回起點了。」

「一旦被送回4次，當返回起點後，選單裡面好像就會跳出提示的訊息喔！」

「那順便告訴我，訊息是怎麼寫的？」

我這麼問道，繆她們也把到目前為止所知的情報告訴我們。

「呃我看看……『眼睛看得到的東西不見得是正確的道路』，還有一個是『只要滿足條件，走錯10次以後道路便會自動打開』。」

「意思是……」

「算是對玩家放水吧。」

只要被送回4次就能獲得攻略的提示，而連續走錯10次，系統似乎還會提供補救之道，只是它說的滿足條件不知道是指什麼。

「唔——因為拿到第二項提示差不多是在走錯第5或第6遍的時候，我猜觸發某個旗標的次數應該就是它所說的條件吧。」

聽了繆的這番話，我反而思索起關於第一項攻略提示。

在【迷途森林】裡「眼睛看得到的東西不見得是正確的道路」，這也就是說那些明顯可見的路標都是騙人的，但事情真有那麼簡單嗎？

總之，我先檢視自身的天賦組成，並將腦中的念頭脫口說出。

持有SP19

【長弓LV40】【魔弓LV24】【千里眼LV24】【識破LV35】

【捷足LV28】【魔道LV30】【大地屬性才能LV11】

【附加術士LV5】【料理人LV16】【物理攻擊上升LV22】

【念力LV5】

保留

【弓LV55】【調藥師LV24】【調教LV37】【鍊金LV47】

【合成LV46】【鏤金LV39】【生產角色心得LV25】

【游泳LV18】【語言學LV28】【登山LV21】【身體耐性LV5】

【精神耐性LV4】【先制心得LV14】【要害心得LV12】

「會不會離開道路才是正確答案？」

「那個我們也試過了，但大多數人還是會因此被送回去。」

果然沒錯，繆把這個顯而易見的事實告訴我。

「那麼，眼睛看得見的線索到底哪個才是真的呢？」

「統合那些被送回來的玩家說法，似乎所有線索都是假的。」

都已經有這麼多玩家待在入口，並且聽他們失敗被送回來的經驗談，所以應該能用消去法導出正確路線，露卡多似乎也有同樣的想法。

「那，陷入【混亂】之類的異常狀態可能性呢？」

要前往桃藤花之樹那座廢村會經過的霍里亞洞窟，洞內就有會讓玩家隨機發生【混亂】異常狀態的效果。

會不會類似那個？我這麼一問，結果繆跟露卡多都搖搖頭。

「嗯，總之，我們先試著闖看看吧！」

說完，利利就搶先走了出去。

結果他選的，似乎是石板地那條路線，只要注意腳底下的情況，就可以毫無問題地前進。

我也在這座霧茫茫的森林裡集中意識發動【識破】天賦，以尋找有沒有任何可能的線索時——

「喔，有採集點耶。可以稍微去拿一下那邊的藥草嗎？」

「云姊姊，不可以！那只是想迷惑妳的陷阱啦。」

「喔喔!?這棵樹，看起來又粗又堅固，我想要砍下來帶回家！」

「不行啦！一旦做了那種事就會被逐出森林喔！」

我發現藥草正想離開石板地時，繆一把揪住我的手不讓我走。至於利利也摸著沿石板地旁生長的一棵樹並仰望樹頂喃喃自語，幸好被露卡多說服後打消念頭了。

眼見我們這樣的舉動，利維嘆了口氣並無奈地搖搖頭。

「用素材迷惑玩家根本就是露骨的陷阱！至於焚燒或傷害森林的舉動只要一做，霧就會立刻變濃籠罩你，把你扔回入口去！」

「咦咦，可是為了取得素材就算被送回起點一次——『不准！』——好吧。」

只要能收集素材，就算被濃霧吞噬送回外頭又有什麼關係，儘管我心裡這麼認為，但被繆吼了一聲只好屈服了。

接著，為了避免我擅自行動，繆一直牽住我的手，在霧茫茫的【迷途森林】繼續前進。

在迷途森林裡左彎右拐的石板地，光是走在上頭就會使人失去方向感，連自己走在哪裡都快搞不清楚了。

我持續走在這條路上，努力拒絕採集素材等等的誘惑，並檢視自身的數值。

搞不好，【迷途森林】存在著繆或露卡多沒察覺到的【混亂】效果或類似利維幻術的能力，我邊走邊這麼亂猜著，但並沒有任何發現。

隨後，我們又前進了一會，終於看到前方出現霧氣變淡的森林缺口了。

「太棒了！這回終於走到出口了！」

於是，繆拉著我的手向前衝出去，一口氣抵達森林的出口。

露卡多也對這次總算能離開【迷途森林】而臉上露出期待的表情。

至於我們的背後，覆蓋整座森林的白霧正在變濃逼近，當我們往出口邁步時，我感覺好像有什麼東西在戳我。

「……唔嗯。」

「姊姊，怎麼了嗎？」

那種被戳的奇怪感覺讓我不自覺停下腳步。

我看了繆一眼，她好像完全沒有察覺。

接著我望向其他隊員，利利似乎也隱約覺得不對勁，至於露卡多則對這個地方已經走過好幾次的事感到相當不自然。

使役獸利維、柘榴，以及涅希亞斯，由於牠們的感官都比玩家敏銳，這時紛紛歪著腦袋，不安地東張西望起來。

「不知為何，我好像有某種預感，有什麼奇怪的感覺在警告我。」

「唔，可是我什麼感覺也沒有耶。啊，這不是有風吹來了嗎！看呀，是從出口那邊吹過來的！」

繆指著有亮光的方向，並想要直接拉著大家走出這座森林時——

「怎麼會……為什麼我們又被送回原本的地方了！」

——我們又被扔回入口了。

再度返回【迷途森林】入口的繆，因為全身脫力而癱坐在地上。

這麼一來，繆跟露卡多合計已經失敗4次了，不過這時，我反而覺得自己已能大致掌握【迷途森林】的機關全貌。

「好，我知道穿越這座森林的方法了。」

「咦咦!?真的嗎！有辦法過關嗎！」

「是啊，嗯，我猜的啦。」

語畢，這次由我打頭陣，率領大家進入【迷途森林】。

至於我選的道路，還是那條石板地。

「喂喂，云姊姊，這跟剛才是同一條路耶，等下大家又會被送回出口喔。」

「妳放心吧。」

我默默走在石板地上。

繆因為已經在【迷途森林】裡走錯太多次，這時只能揪住我的衣袖，表情不安地環顧四周。

直覺敏銳的露卡多好像也想出脫困方法了，所以正笑咪咪地欣賞著繆的反應。

然後，等到【迷途森林】的樹木逐漸變稀疏，又可以看到先前那處森林外部亮光強烈的場所時，我立刻停步。

「眼前就是森林的缺口。呃，這不是跟剛才一樣嗎？」

「對啊，不過……應該是這條線吧？」

我這麼答道，並看向腳邊嘗試跨越石板地的邊緣，那種跨越某種界線的感覺再度來襲。

繆之前都是用跑的衝過森林，所以會把這種細微的感覺誤認為是有風吹過，並沒有多加留意。

接著，我一跨過界線就馬上回頭觀察，一股看不見盡頭的濃霧正從【迷途森林】中擴散出來。

當我再度轉向前方時，充滿亮光的森林缺口吹來一陣溫柔的風，背後還有股力道想推我們向前。

「那麼，我們調頭吧。」

「咦，為什麼!?」

我說要折回來時的原路，繆便發出驚愕的聲音。

「那麼，恕我先走一步了。」

「我也要先走了。」

露卡多跟利利重返霧茫茫的迷途森林，利維那群使役獸也在後頭跟上兩人的腳步。

「那麼，繆，我們也走吧。」

「唔，嗯。」

我牽起繆的手，走在白茫茫的濃霧中。

第一次通過森林缺口時我們也是像這樣手牽手，不過這回換成由我引導她在霧中前進。

隨後，霧氣瞬間消散。

「唔哇……終於過關了呀！」

「嗯，一旦搞懂攻略法就很簡單了。」

我們所走出的地點，並非【迷途森林】的入口，而是可以看見平緩坡道的山麓，只要抬頭仰望，就能稍微看見山頂那棵疑似棉花樹的頂端。

這座【迷途森林】的攻略提示，其實是故意寫得讓玩家容易誤解。

那些路標，全部都是正確的。

然而，一旦被那些路標帶到森林的缺口，並直接通過眼前充滿亮光的森林盡頭時，就會被直接送回起點。

跨過森林缺口前那條界線的不自然感，不知是天賦的輔助使然，還是玩家原本就具備的直覺所致，總之那一定是遊戲設計的旗標不會錯吧。

一旦跨過那條線，就不要走眼前那看起來非常像出口的路線，而是轉頭往什麼也看不見的正後方前進，這就是那座森林的攻略訣竅了。

「找出竅門後就知道這是很傳統的攻略手法哩。」

「人家哪會想到那個嘛！竟然要半途折返原路！」

為了讓發出強烈抗議的繆恢復冷靜，我輕輕摸了摸她的頭。

不過，繆雖然始終保持橫衝直撞的走法，但露卡多似乎在第４次就已經看出這點，要是其他繆小隊的成員也在這，她們或許能更早解開謎題也說不定。

尤其是擔任斥候的托烏托比，以及總是能退一步綜觀戰場全局的魔法師禮蕾和蔻哈克，我猜她們應該能很快發現才是。

「喂，云云，繆繆！快點，快一點嘛！」

「剛才迷路太久肚子都餓扁了。」

利利輕快地登上坡道，露卡多則面帶微笑與他並肩而行，這兩人還對後頭的我跟繆這麼呼喚著。

的確，飽食度稍微減了一點吧，我心想，同時跟繆、利維、栯榴一塊緩緩走在坡道上，追趕前面的人。

「哎呀——是說浪費了好多時間啊，大家早就在賞花了。」

「別介意啦，賞花用的多層木盒裡裝了繆之前點的菜，等下妳吃了心情就會變好了。」

「真的嗎！太棒了！我最喜歡云姊姊了！」

繆這麼說完就全力撲向我。真是的，我只能一邊嘆氣一邊浮現些許苦笑。

「好耶，除了可以享用云姊姊的便當，賞花時還有利維在旁陪伴一定很開心！」

繆的宣言完全暴露了她心底的欲望，嚇得利維馬上用幻術隱藏起來。

「利維好像很討厭那樣，我勸妳還是打消主意吧。」

「咦——」

「喊『咦——』也沒用喔。」

我們就這樣一邊閒聊，一邊平安登上疑似棉花樹所位處的山頂。

在目的地，御雷神等人已久候多時，只是他們的樣子有些奇怪。

「奇怪？不是應該有更多人才對嗎？」

正如繆所言，本來通過【迷途森林】並抵達這邊的小隊應該要有十支以上才對。

然而，目前在現場的，就只有御雷神跟賽伊姊這群【八百萬神】公會的精銳成員，其他就是塔克、甘茲、米妮茲這支小隊以及參加賞花企劃的外部玩家，合計二十六名而已。

接著，我們走向不知為何正散發出一股緊繃氣氛的御雷神等人附近，結果當我們加進山頂樹木旁的這群玩家、使得總數到達三十人時，有變化發生了。

──緊急Ｒ任務：討伐深淵蜘蛛。

以多支小隊同心協力打倒甦醒的【深淵蜘蛛】──0／1

宛如由白棉花團凝固成的這棵樹，突然自內部縱向裂開，當中有隻覆滿黑色纖毛的細長前肢就像在用力撬門般現身了。

『呼沙啊啊啊啊啊──！』

從看似棉花的樹木內側，伴隨像是要威嚇玩家的聲響，那傢伙終於露出真面目。

三對赤紅蜘蛛眼往下盯著我們，身軀也一溜煙自白棉中鑽了出來。

「所有人，準備戰鬥！」

巨大蜘蛛的登場促使御雷神一聲令下，眾人立刻以【八百萬神】的精銳玩家為中心，各自舉起武器。

這種迅速一致的動作，讓我不得不佩服【八百萬神】的精銳部隊。

不過，比起那個——

「——不是說這裡沒有敵怪嗎……」

當我在低聲抱怨時，巨大蜘蛛爬上了樹的頂端，高高舉起屁股，從該處施放絲線。

既粗又帶著光澤的絲線在空中飛舞，以樹幹為中心在我們的頭頂上織起了蜘蛛網。

我們直到現在才發現。

這棵植物，那並不是會長棉花的樹，而是巨大蜘蛛的巢穴。

以一棵樹為中心呈放射狀擴散出去的蜘蛛網，以及在底下仰望的玩家們。

而那隻巨大蜘蛛頭目敵怪【深淵蜘蛛】也用赤紅的眼睛俯瞰著我們這邊。

第六章　巨大蜘蛛與空天狐

「很可能會演變成非正規的戰鬥！所有人，快分別站好前鋒後衛的位置！」

御雷神再度發出號令，【八百萬神】公會的精銳玩家們也立刻採取行動，仰望頭頂上的巨大蜘蛛展開對峙。

相對地，我們幾個人——

「唔——又紅又黑的蜘蛛……我覺得有點不舒服，不過那個蜘蛛絲倒是滿漂亮的。」

「繆，結果妳在意的是那個嗎！」

繆這番毫無緊張感的發言，讓我忍不住吐槽一句。

「小姐你們也分成前鋒後衛的位置站好。另外有幾名前鋒要負責緊跟後衛保護！我們先觀察對方的行動模式再出手！」

御雷神如此對我們下達指示，讓那些除了【八百萬神】精銳部隊以外、動作慢半拍的外部玩家們也一個個動起來。

「對了，賽伊姊姊，不是應該還有其他會過來這裡的玩家嗎？他們上哪去了？」

當御雷神站在第一線持續下達命令時，繆朝向率領我跟米妮茲這群後衛的賽伊姊拋出疑問。

「這個嘛，率先抵達的六支小隊闖入與【深淵蜘蛛】的戰鬥，結果被全滅送回去了。當我們到這裡時，他們已經不在了。」

不知要滿足哪些條件才會現身的 Raid 頭目【深淵蜘蛛】，此刻也像這樣跟我們展開對峙。

「任務發生的條件是什麼呢？這個場所，記得應該沒有敵怪才對啊。」

「唔——可能是最早抵達的人觸發了先決條件吧，好比說討伐 Raid 頭目的建議玩家人數全都聚集在這裡之類的？」

當面對從樹頂俯瞰我們的巨大蜘蛛時，負責保護後衛的露卡多發出疑問，賽伊姊也說出自己的猜測。

「所有人，提高警戒！要保持足夠的安全距離！」

就在這時，巨大蜘蛛從樹頂沿著蜘蛛網開始移動了。

憑藉縱向與橫向的絲線為立足點，蜘蛛的驚人敏捷性絲毫不符合其龐大的身軀，令我們所有人瞪大雙眼。

「嗚嗚，我只是以普通野餐的心情參加的，為什麼會變這樣。」

「云云，不要難過。」

「嗯，放棄掙扎吧。」

利利拍了拍我的右肩，塔克則敲了敲我的左肩，我用忿恨的眼神瞪著那兩人。

「好，前鋒們，舉起武器！小姐，請支援大家！」

「真是的，結果又變成這樣。《空間附加》——攻擊、防禦、敏捷！」

伴隨御雷神的號令，我對繆跟塔克那群前鋒玩家施加了三重附魔。

然後我也加入後衛玩家群重整態勢。

「利維先回去吧。至於柘榴，留在我身邊待命。」

以這棵樹為中心的山頂上，總覺得地形對利維很不利，於是我讓牠變回召喚石。

另一方面，柘榴的能力雖然還是個未知數，但至少有三條尾巴可提供防禦，所以就先放在我身邊。

「柘榴，這是你的第一次戰鬥沒問題吧？」

「啾！」

牠的回答聽起來非常有幹勁。

接著，賽伊姊與米妮茲這群後衛對巨大蜘蛛先發制人、施放攻擊魔法。

「去吧！——《寒冰長槍》！」

「你的腿稍微給我安分一點！——《天使之輪》！」

賽伊姊以冰槍小試身手，結果被巨大蜘蛛輕易避開了，而米妮茲那道能拘束對手的明亮魔法光環也同樣被閃掉。

「燃燒殆盡吧！——《日珥龍騎兵》！」

在GVG活動時輕鬆破壞簡易沙包陣地的這招，又被【八百萬神】的精銳魔法師派上用場，只見跟上回一樣的火龍竄了出來，試圖將蜘蛛巢穴徹底焚毀。

然而，蜘蛛絲並沒有被燒乾淨，巨大蜘蛛挑選沒著火的地方迅速移動過去。

蜘蛛網可能被系統設定為不會壞的物體吧，雖然會著火一段時間，但火逐漸熄滅後又沒事了。

「後衛！武器搆不著牠！麻煩製造立足點！」

「知道了！——《冰封大地》！」

「我也來——《石牆》！」

賽伊姊製造出冰塊搭建的立足點，升起一條直接通往蜘蛛巢上方的坡道。

我也模仿賽伊姊，讓高度不一的石壁以階梯狀的方式堆起，不過因為我還不太習慣這種新魔法，各段階梯的高度顯得參差不齊。

「好，這樣我就可以直接把牠從蜘蛛網打下來了！」

甘茲利用剛做好的立足點衝上了蜘蛛巢穴。只見他在蜘蛛絲上狂奔，試圖逼近巨大蜘蛛。

他在縱向與橫向絲線構築成的網子上努力抱持平衡，並迅速往上攀登，最後終於對準巨大蜘蛛揮起拳頭。

「吃我這記！——《重擊》！」

在立足點惡劣的蜘蛛網上，或許連擊類型的武技用起來會感到不安，因此甘茲選擇單發的武技毆打巨大蜘蛛的背部。

這一擊讓整片蜘蛛網都隨之搖晃，巨大蜘蛛也受到了傷害。

然而同時，蜘蛛倒豎的黑色纖毛也刺向甘茲的拳頭，帶給他反射傷害。

「咕，雖然很划不來，但我要繼續攻擊！——《重擊》！《重擊》！《獵鬼踢》！」

「你也稍微考慮一下攻擊的步調啊！——《高級治療術》！」

眼見甘茲無視反射傷害繼續毆打對手，米妮茲儘管口出怨言但還是幫忙恢復了。

甘茲又踢又打，持續攻擊對手。

當巨大蜘蛛使出揮動腿部的攻擊時，甘茲先暫時拉開距離，然後再利用蜘蛛絲的彈性跳回去，重新展開近身肉搏。

在蜘蛛巢穴上高速移動的巨大蜘蛛，儘管不斷承受甘茲的打擊技，但卻沒有做出更為主動的反擊。

只是，牠那黑針般的纖毛會不斷刺進甘茲的雙臂，一旦甘茲出拳就會給他帶來反射傷害。更甚者——

「靠，我竟然中了【中毒5】跟【詛咒5】！」

甘茲越打越猛烈，但纖毛滲出的毒液也讓他陷入異常狀態，且影響逐漸增強。

「甘茲，你先下來進行恢復吧！」

雖說甘茲獨自猛攻了那麼久，蜘蛛的ＨＰ也沒有明顯減少，真不愧是Raid頭目。

聽了我的呼喊，甘茲也想暫時脫離戰場進行恢復，不過當他試圖從蜘蛛網的縫隙跳下時，巨大蜘蛛瞬間採取行動。

「甘茲，快閃開！」

「在半空中怎麼閃啊！」

只見巨大蜘蛛抬起臀部前端，施放出以網狀擴散的絲線，將還在半空中的甘茲包裹起來，吊掛在巢穴裡。

「拜託——！誰快來救救我啊——！」

「——《弓技・一矢縫》！」

我對準吊掛甘茲的蜘蛛網支點射出箭矢，將他切落。

跟龐大的立足點——蜘蛛網相比，要切斷吊掛獵物的細絲可說是容易得多。甘茲一摔在地面的同時，就自行突破蜘蛛網鑽了出來。

「不好意思，云，謝謝妳救我一命。」

「真是的，你剛才太大意了。快，去找米妮茲幫忙恢復吧。」

「沒錯，甘茲真是一個大傻瓜……」

在米妮茲的恢復魔法治療下，甘茲的血量以及嚴重異常狀態都獲得解決，得以重歸戰線。

只是，他這回並沒有像上次一樣採取無謀的肉搏戰，而是繞到蜘蛛巢穴正下方，切換成遠距離武技進行攻擊，只可惜都被對手敏捷的移動避開了。

「上啊！──《烈日射線》！」

「喝啊！──《音速鋒刃》！」

雖說我跟賽伊姊已經做出了立足點，但不斷四處逃竄的巨大蜘蛛還是很難直接命中，前鋒們只好紛紛切換為攻速快的遠距離技能。

「可惡，有夠快。」

前鋒雖然想繞到蜘蛛網正下方埋伏，但巨大蜘蛛可憑藉縱橫交錯的巢穴快速向各處移動，還不斷施放網狀的蜘蛛絲回擊。

巨大蜘蛛幾乎不需任何預備動作就能快速逃跑，且還能不斷放出網狀的蜘蛛絲一一纏上前鋒的玩家，將他們吊掛在半空中。

我也連續射出箭矢，切斷吊掛同伴的蜘蛛絲網以便拯救他們。

「等等，為什麼蜘蛛網逮人的速度比我救人還要快啊！」

「云云，我也來幫忙。希亞亞拜託你了。」

除了我射箭，另一頭利利也站在我旁邊，為了救回被吊起的玩家們，對不死鳥涅希亞斯下達指示。

涅希亞斯在上空振翅，驅使火焰的羽翼，燒斷支撐包人網子的蜘蛛絲。

「用這種高速束縛玩家，上一支小隊就是因為這樣被全滅的嗎？」

聽了賽伊姊的分析後，又有三人同時被蜘蛛的絲網捕捉、吊掛起來。

為了救回所有玩家，當我正要彎弓射箭時——

「——唔!?所有人，進行防禦！」

在賽伊姊的一聲令下，後衛的魔法師們同心協力展開全方位的防禦魔法。

緊接著，巨大蜘蛛利用蜘蛛網的彈性，一口氣跳躍到我方後衛密集處的正上方。

而且，在牠著地的同時，從蜘蛛巢之間還有如針的纖毛從天而降。

「只有這樣的話，感覺應該能擋住吧。」

全體魔法師展開全方位的防禦魔法後，所有人都團結集中到裡面。

為避免被各個擊破而組成的圓陣讓人暫時鬆了口氣，但巨大蜘蛛馬上又從屁股尖端噴出絲，再用後腿揉成圓的絲球。

「所有人，快解除防禦並散開！」

眨眼間，剛做好的絲球便從巢穴上方砸落下來。

唯有正前方沒解除的防禦魔法留了下來並將絲球撞得粉碎。

「休想得逞！咕，呀啊——!?」

「呀啊！」

聽了賽伊姊指示後，玩家們四散逃開，但本來在圓陣中心附近的米妮茲逃跑就慢了一步。

為了守護米妮茲，露卡多立刻衝到正面舉起重型單手劍防禦，結果卻跟米妮茲雙雙被彈飛。

『啾～！』

米妮茲與露卡多伴隨碎裂的防禦魔法一塊被彈飛到後方，幸好她們的身體被一個黑色柔軟的物體接住了。

「咦，怪了？這是什麼？」

「柘榴，幹得好！」

原來是柘榴伸出三條尾巴中的兩條承受那兩人，剩下的一條尾巴則去捕捉絲球。

可惜，巨大蜘蛛卻輕鬆切斷絲球，再度從蜘蛛巢裡衝了出來。

『啾～』

「不必沮喪啦，第一次戰鬥這樣已經很強了。」

我誇獎出手拯救米妮茲與露卡多的柘榴，接著為了反擊而抬頭仰望正在逃跑的巨大蜘蛛。

「那麼，我也不能輸給這麼拚命的柘榴了——《空間噴射炸彈》！」

地屬性的《炸彈》升級後會變成具追蹤效果的魔法《噴射炸彈》，我更進一步搭配了【空間類】的技能。

對準巢穴以上的方向，我朝視野範圍內可確認的目標發動三發追蹤炸彈。

『呼沙啊啊啊啊啊——！』

在極近距離下啟動的三發追蹤炸彈殺向巨大蜘蛛，並引發多重爆炸。

限制對一個目標只能使用一發魔法的《空間炸彈》，雖然可以透過密集引爆的方式追求連鎖加成，但卻無法對單一的敵人使用。

相反地，《空間噴射炸彈》並不是鎖定視野內的某個敵怪，而是以整個空間為爆破的目標，這樣就能對單一敵人進行同時轟炸了。

「嗯，打是打中了，但真不愧是 Raid 頭目，沒什麼損血的手感啊。」

隨後，在漫天的黃色煙霧中，巨大蜘蛛再度透過蜘蛛網逃之夭夭。

「應該增加更多《噴射炸彈》的數量嗎？」

以我的情況來說，想在自身MP許可範圍內同時發動座標爆破，其發動數量會被我的MP最大值所左右。

如果想增加我發動的魔法數量，就必須讓MP存量相對應地上升，而距離下一次使用技能的等待時間也會變長。

「單發的命中率雖然還不錯，但MP的使用效率太差了。」

我因為MP上限的緣故，同時發動《噴射炸彈》最多以五發為限。

如果能跟賽伊姊的【延遲】類天賦搭配，應該就能同時使用二十發以上的魔法了吧，我心裡如此估算著，並利用MP壺進行恢復。

前鋒的攻擊命中率雖差，但還是能透過遠距離武技慢慢削減敵人的血量。

後衛們也為了輸出傷害而不斷施放魔法，儘管貢獻比前鋒稍大，但卻因傷害量而累積過多仇恨值，造成對手一口氣撲向後衛的可能性。

到底該怎樣才能順利打倒牠？我一邊思索著攻略方法，一邊度過了序盤的戰鬥。

後衛的魔法師們在慢慢適應巨大蜘蛛的動作後，攻擊魔法的命中率也開始提高了。

藉此，我們發現只要累積一定的傷害量，巨大蜘蛛就會從蜘蛛巢穴掉下來。

後衛的魔法先將巨大蜘蛛打落地面後，再由前鋒以集團的方式猛攻。前述攻略法雖是臨時想出來的卻非常有效，使局勢倒向玩家這方。

「後衛的魔法師們，彈幕不夠密集啊！增加更多的魔法攻擊！前鋒們，包圍那傢伙墜地的位置！」

在御雷神的指揮下，後衛一起向巨大蜘蛛噴發魔法。

「我要上了——《水飛彈》！《寒冰長槍》！」

「試試這個如何！——《空間噴射炸彈》！」

賽伊姊將累積起來的數十發魔法一口氣解放出去。

不論對手的速度有多快，那麼龐大的身軀要完全避開如彈幕般的魔法是不可能的。

況且，我還針對牠想逃跑的方向扔出5發追蹤炸彈，在極近距離下引發多重爆破。

「又掉下來了！趁現在，大家撲上去！——《六連旋打》！」

「這招你肯定避不掉了吧！——《九連斬》！」

御雷神以六角棍使出連續突刺，繆也用九連斬的武技從側面殺了過去。

巨大蜘蛛針狀的纖毛可以減輕自身的損傷，除了能反射部分傷害給玩家外還會同時帶來異常狀態，只是即便如此，牠好像還是很討厭在地上受攻擊，不斷擺動長長的蜘蛛腿試圖逃跑。

緊接著——

「別跑嘛，陪我多玩一會！」

『呼沙啊啊啊啊。』

不知道什麼時候，塔克已爬上了蜘蛛巢，只見他從蜘蛛網的縫隙一躍而下，以長劍對準巨大蜘蛛的背部突刺。

將深入整根劍身的武器拔出後，塔克才從拚命掙扎的巨大蜘蛛背上跳下來。

然而，或許是當我方肉搏製造的傷害越大，反射回來的傷害也越多，塔克的HP不但因此大量減少，還陷入高強度的【中毒】與【詛咒】異常狀態。

「抱歉，誰快幫我恢復啊！」

「好啦好啦，你稍等一下——《高級治療術》、《解毒》、《解咒》！」

負責恢復的米妮茲迅速解決塔克遭遇的血量與異常狀態危機，助他重回前鋒的崗位。

「唔——使用恢復魔法的頻率好像太高了。云，可以分我MP壺嗎？」

「好的。對了，如果想節省MP的使用，我順便把【中毒】跟【詛咒】的異常狀態恢復藥給妳好嗎？」

「太感謝了，我會好好使用的。」

擔任後衛的我跟米妮茲，像這樣交換意見，以便摸索出在戰鬥中最有效率的行動方式。

巨大蜘蛛的直接攻擊力儘管不高，但因為反射傷害與異常狀態相當棘手，我方還是需要大量的恢復魔法。

但反過來說，只要做好恢復的工作，並保持適當的安全距離，我方玩家要被打倒的可能性也很低。

現在，曾一度無謀採取捨身攻擊的前鋒玩家，即便被打倒也能立刻以復活藥重返戰線。

然而，光憑目前已經搞懂的巨大蜘蛛能力來判斷，在我們之前抵達的那個小隊應該不至於被全滅才對。

正當我在思考這個問題時，掉落在地面的巨大蜘蛛，迅速擺脫玩家們的妨礙，又一溜煙逃回了巢穴之上。

可是，牠這回的行動模式有點不太一樣。

「那傢伙一路衝到樹的頂端了！」

不知是誰這麼喊道，我們都不約而同抬起頭仰望敵人。

『呼沙啊啊啊啊——』

只見牠在樹頂倒豎全身的纖毛，並賣力摩擦肢體，讓漆黑的粉末隨風往下擴散。

「有可能害大家陷入異常狀態，快拉開距離，準備好藥水！」

聽了御雷神的指示，所有人都往後退開。

那些粉末一下就被風吹散看不見了，但眾人還是對這消失的威脅提高警戒。幸好，我方沒有任何一人陷入異常狀態。

但取而代之的是，在樹周圍那些彷彿棉花的蜘蛛絲團中，有黑色的小蜘蛛身影接連冒出來。

「哼，原來是找幫手包圍我們的動作喔！」

「——!?」

我見狀，忍不住發出無言的叫苦，站在一旁的利利也一臉鐵青。

環顧四周，視野內盡是到處亂竄的漆黑小傢伙——【迷你深淵蜘蛛】。

「嗚哇啊啊!?嗯!?」

雖說是迷你蜘蛛，但尺寸也有人臉那麼大，還會利用跳躍力與絲線進行移動。

一隻隻跑出來的小蜘蛛們貼上玩家的臉或身體，張口齧咬，還用如針般纖細的體毛狠刺玩家。

「別被小蜘蛛纏上了！會變得無法動彈喔！」

御雷神大幅擺動六角棍，一邊把小蜘蛛揮開一邊對玩家們提出警告。

起初被纏上的幾名玩家在同伴的協助下將身上的小蜘蛛剝掉了，但臉色卻變得很糟糕，恐怕是精神方面的打擊更為嚴重吧。

在這群小蜘蛛當中，還有幾隻用蜘蛛絲做出白色塊狀物，拖到巨大蜘蛛的面前。

緊接著，巨大蜘蛛就用牙齒咬下這些運來的白塊。

吸取白塊內容物的巨大蜘蛛，隨著白塊的逐漸萎縮，血量也緩緩恢復。

「哇靠……牠到底是在吸什麼東西啊。」

「真難纏耶。大家的攻擊以那個白塊為最優先！趁還沒運到巨大蜘蛛面前就搶先破壞掉！」

聽了御雷神的指示，前鋒們一起衝出去，但卻被其他小蜘蛛擋下了。

「云，幫忙掃蕩那些雜兵！」

在塔克的呼喚下，我先摩擦一下爬滿雞皮疙瘩的雙臂，然後才被迫直視那些密密麻麻的蠢動小蜘蛛。

「知道了！──《弓技・疾風一陣》！」

我對準白色塊狀物，射出一枝箭。

以那枝箭為起點所引發的風壓將小蜘蛛一一驅散，並打穿一條道路讓玩家通往白塊所位處的空地。

「云，剩下就交給妳囉！」

「剩下交給我……噫噫噫！」

原本試圖阻止前鋒動作的蠢動小蜘蛛們，全都頓時將目光轉到我的方向。被無數顆閃亮的赤紅眼睛緊盯著，一股強烈的生理嫌惡感讓我發出前所未有的慘叫。

「云一個人累積太多仇恨值了！後衛幫忙保護云！——《冰封大地》！」

賽伊姊說完舉高法杖，以我為起點製造出四周地面都結凍成白色的區域。冰魔法《冰封大地》是一種能引發【速度降低】與【寒冷傷害】的廣範圍支援魔法。那些迫近我的小蜘蛛一旦通過冰上，動作就會變慢，讓保護後衛的利利與露卡多他們能好整以暇地收拾掉。

然而，敵人的數量實在太多，就算有寒冷傷害慢慢扣血還是殺不光，有部分蜘蛛已經通過護衛的防線，直逼我的附近。

「嗚嗚——【炸彈】！【泥土盾】！」

我對逼近的小蜘蛛扔出魔法寶石，努力應付。

有幾隻靠過來的小蜘蛛被【炸彈】魔法捲入炸飛了，而【泥土盾】的魔法寶石則能升起土牆，阻止敵人前進，不過還是有幾隻翻越土牆繼續爬過來，這麼做只能爭取一點時間而已。

緊接著——

「噫！滾開！」

「云小姐!?咕！」

「這邊的數量也很多——《劍舞》！」

由於大家都忙於對應地上的小蜘蛛，從頭頂上方蜘蛛巢穴繼續掉落的小蜘蛛就疏忽掉了。

有一隻剛好掉到我的手臂上黏住，我趕忙把牠揮開，還立刻從皮帶抽出菜刀猛刺，將牠打倒。不幸的是，以此為開端，小蜘蛛紛紛採取空降，對後衛玩家們糾纏不休。

露卡多的重型單手劍只要揮動一次就可以打倒好幾隻，利利也迅速揮舞雙手的短刀以攻擊次數取勝，然而他們都無暇協助我。

「——《神怒寶劍》！哈啊！嗟啊！」

「我也不會認輸！喝呀！」

在這種狀況下，賽伊姊還是能維持數十發低階魔法，並讓法杖伸出水刃，斬殺襲擊過來的小蜘蛛。

至於米妮茲，則揮動手中的釘頭鎚將小蜘蛛一隻隻打爛，因此受到的些許損傷則靠自身的恢復魔法治癒，治療後依然毫不畏懼地繼續打倒對手。

最後，令人意外的奮戰者則是——柘榴。

「柘榴，你好厲害啊！對上雜兵就突然變強了，跟我一樣。」

只見柘榴伸長三條尾巴，像是在掃地一樣將小蜘蛛撂倒。

牠的每條尾巴末端都點亮狐火，因此不只是打擊傷害還可以靠狐火追加損傷。

柘榴代替害怕丟臉的我奮勇戰鬥，也帶給我些許勇氣，這下子我該鼓起鬥志了。

「怎麼能輸給柘榴呢！統統給我消失吧！——《空間炸彈》！」

雖說以全部敵人為對象數量太多了，但我還是透過【千里眼】發動《炸彈》，以爆破範圍內的小蜘蛛為目標啟動魔法。

在MP允許範圍內我盡量引爆《炸彈》，除了起爆點的那隻小蜘蛛外，周圍也被爆炸波捲入，使小蜘蛛的數量大幅減少。

「云，妳做得很好——《冰晶》！」

賽伊姊醞釀許久的這記高階魔法，以頭頂上蜘蛛巢穴裡的巨大蜘蛛為起點擴散開來。

空氣中的水分因此而凍結，點點冰晶反射光輝的景象儘管美麗，但在那個範圍內卻滿布著令人畏懼的寒氣。

碰觸到那團冷空氣的巨大蜘蛛，隨即纖毛倒豎，還縮起肢體從巢穴上摔了下來。另外，小蜘蛛們也耐不住寒氣紛紛痙攣翻肚，最後化為光粒消失。

「賽伊姊，妳比我強多了。」

「多虧云幫我爭取了準備魔法的時間。」

比我的《空間炸彈》殲滅更多雜兵的賽伊姊如此回應我。

「趁現在！礙事的小嘍囉都消失了！大家圍上去打！」

御雷神一聲號令，前鋒們一一展開攻勢給巨大蜘蛛製造損傷。

「大家分成三組！第一組跟第二組輪流上陣攻擊巨大蜘蛛！第三組則將殘餘的小蜘蛛徹底收拾乾淨避免牠們打擾！」

如針的纖毛給我方玩家帶來反射傷害後，我方玩家為了恢復而退下去，造成巨大蜘蛛有機會逃回巢穴上，像這樣的事已經循環過好幾次了。

反省前述的過失，御雷神他們決定將攻勢分為兩組人輪流上陣，以防堵敵怪趁機溜走。

透過把前鋒分組的方式減少換人進攻時的破綻，而被換下去的那組人也可以迅速安全地恢復。

「讓一大票人一起包圍反而會使單一的玩家難以出手，不如派幾個人去負責解決小嘍囉吧。」

【深淵蜘蛛】雖是Raid頭目，但體型尺寸只在中型以上還不滿大型的程度，能一次對應的玩家數量是有限的。

因此將人數過滿的前鋒分出第三組，負責支援我們這些後衛一起掃蕩雜兵。

我幫大家掛上多重附魔，賽伊姊與米妮茲持續替前鋒恢復，露卡多和利利則一隻隻打倒想要靠近過來的小嘍囉。

「至少，我們的攻勢比先前順暢多了吧？」

防堵隨時想要逃跑的巨大蜘蛛，並持續進攻的結果，將牠一度恢復到九成的HP又打回了七成左右。

不過，巨大蜘蛛也不會乖乖等著挨揍。

『呼沙啊啊啊啊——』

「啐，大家快躲開！」

為了解除自己被圍困的狀態，巨大蜘蛛高高掀起屁股，對周圍亂噴蜘蛛絲。

那些絲線隨風飄揚，一接觸到前鋒們的四肢，就瞬間固化。

「呀啊!?真討厭，黏糊糊噁心死了！」

「混帳，拔不掉啊！越掙扎就糾纏得越緊！」

包含御雷神在內的數人雖然順利躲掉了，但繆與塔克在內的幾名前鋒還是不幸被蜘蛛絲纏上。

巨大蜘蛛趁機逃出包圍，剩餘的前鋒玩家們雖試圖追擊，卻被捨身攻擊的小蜘蛛擋下了，讓巨大蜘蛛僥倖逃回巢穴上。

緊接著——

「咦，我被吊起來了!?」

「可惡，根本切不斷！」

頭頂上的巨大蜘蛛動著前肢，將絲線拉向自己身邊，於是被蜘蛛絲包裹的繆與塔克等前鋒就直接被吊起來了。

當雙腿離地的繆他們在瘋狂掙扎時，我彎弓搭箭狙擊那些吊人的蜘蛛絲，正如之前其他玩家被吊起來的時候一樣，我射出一枝枝的箭，切斷絲線讓他們回到地面。

利利也將裝備切換成飛刀投擲出去，在短時間內就救出了那群前鋒們。

「云姊姊，還有利利！謝謝你們！」

「Thank you，好，我們來反擊吧！」

繆與塔克以靈巧的動作落地，但巨大蜘蛛為了追擊這群被解放的玩家們，開始在巢穴上揉絲球。

「來爭取讓大家重整態勢的時間！——《空間噴射炸彈》！」

『呼沙啊啊啊——！』

背部在極近距離下挨了五發追蹤炸彈後，巨大蜘蛛發出慘叫。

一陣黃色煙霧升起，然而巨大蜘蛛卻高高跳起，突破了這層硝煙，直接飛到了我的正上方。

「後衛們，快散開！」

這回，為了避免絲球再度使後衛陣崩潰，賽伊姊在事先就下達了分散開來的指示。

然而，剛發動完好幾發魔法技能的我卻因僵硬時間而被留在原地無法動彈，落入單獨一人對峙巨大蜘蛛的窘境。

『呼沙啊啊啊啊——！』

「云！」

當巨大蜘蛛發出威嚇聲，並從臀部尾端伸出絲球朝我逼近時，我的身體被柘榴的三條尾巴包裹起來以防禦絲球的攻擊。

「啾！」

「──柘榴!?」

可惜，就算柘榴的三條尾巴具備自動防禦機能，面對敵人這種兼具速度與重量的強勢撞擊仍然敗下陣來。

柘榴本身只是小型的輔助型使役獸，因此面對從頭頂上方甩落的絲球，我只能在柘榴的尾巴包裹下直接被彈向後方。

「咕！啊咕！」

「啾──！」

由於柘榴並沒有放鬆尾巴，牠就像被我連累似地一塊被這股撞擊力帶向後方了。

託了柘榴的福，我所受的傷害減低了，但是一起被拖走的柘榴，全身黑色毛皮已變得破爛不堪。

「柘榴……我現在馬上幫你恢復。」

我爬起來，靠近蹲在地上、模樣好像很痛苦的柘榴身邊，自所持道具欄取出大恢復藥水一灑。

一度失去過多HP的柘榴，剛才甚至還陷入【昏厥】的異常狀態，幸好現在毛皮的髒汙都消失，痛苦的表情也不見了。

「呼，太好——呀啊！」

我才剛鬆了一口氣，就因一股突然的飄浮感而發出輕微的悲鳴。

一瞬間，我還搞不清楚發生了什麼事，情急下只好先把昏厥的柘榴緊緊抱在雙臂中，眼睜睜看著自己的雙腿離開地面。

『呼沙啊啊啊啊——！』

「云姊姊！現在，我就過去救妳！咕，別來礙事啦！」

等待救援的我，現在搞懂自己是被網狀的蜘蛛絲吊起來了。

此外，繆雖然衝出來急著想救我，但在途中，卻受到不知不覺又冒出來的新一批小蜘蛛襲擊。

「利利那邊……好像也沒空。難道就沒辦法自力脫困嗎？」

我是以收起雙膝、整個人縮成一團的姿勢被逮著的，這時只能用左臂將柘榴重新抱好。

在這種不自由的姿勢下，我取出菜刀試圖砍向蜘蛛絲網，但卻沒法順利切斷。

「不行啊。不過，砍個幾十刀搞不好我就能自行脫困了。最容易切斷的地方，應該就是吊起整個絲網的那條線吧。」

在絲網中因為空間不夠，姿勢也很尷尬，我放棄使用難以操縱的長弓，且由於剛剛才用過大量《空間噴射炸彈》導致MP所剩無幾，技能的冷卻時間亦還沒結束。

能採取的行動幾乎為零，完全陷入等待他人救援的狀態。

在眼底下，小隊同伴為了幫助我跟柘榴，有人正掃蕩四處騷擾的小蜘蛛，也有人優先破壞小蜘蛛努力拖行的白色塊狀物，總之各項任務都安排了最適當的人數、以最佳的效率應付戰鬥。

「那些白色塊狀物，果然是巨大蜘蛛的糧食之類嗎……」

從巨大蜘蛛吸取白塊內容物恢復HP的行為，可以很輕易想像出這點。

那麼，被蜘蛛絲所捕捉的我也——

「果然，我們被當作餌食了啊！」

從頭頂上方往下俯瞰的巨大蜘蛛降到了我面前。

那隻巨大蜘蛛似乎就是順著吊掛我的絲線從正上方垂下來，我抬頭仰望對方，剛好跟那三雙鮮紅的眼睛對上了。

從巨大蜘蛛的牙齒尖端，滴落了貌似唾液的黃色液體，一接觸到我的肩膀與臉頰就冒起白煙，我除了感覺到些微的刺激感外也連帶受到損傷。

為了避免栢榴被黃色液體沾到，我努力扭轉身體，希望牠能倖免於難。

巨大蜘蛛或許就是用這種唾液將獵物融化成膏狀再啜食補血的，我忍不住想像起這種討厭的光景。

「玩家一旦被牠抓住太久，就會像這樣變成牠的餌食吧。真噁心啊，自己要被吃掉了。」

先前闖進戰鬥的小隊被全滅後，搞不好都變成巨大蜘蛛的盤中飧了，當我在想像那種事的同時，巨大蜘蛛已緩緩降到了我的面前。

「——啾!?」

從【昏厥】狀態恢復過來的栢榴，對著眼前的巨大蜘蛛倒豎全身毛髮進行恫嚇。

小狐狸面對巨大蜘蛛一步也不肯後退的勇敢姿態，雖然令我這個同伴感到非常欣慰，但在這種被逼到絕境的狀態下並沒有必要勉強自己。

「栢榴你不必硬撐著陪我到最後了——《送……」

我目睹巨大蜘蛛的利牙逐漸逼近，為了讓栢榴能逃過一劫而準備發動《送還》技能，結果懷抱在我臂彎中的栢榴卻彷彿沉入我胸口似地消失了。

『啾！』

伴隨栢榴的鳴叫聲在我腦中響起，包裹我的蜘蛛絲網裡也噴出了熊熊烈火。

●

以我為中心噴發的火焰，像是要吞噬絲網般迅速蔓延並朝巨大蜘蛛逼近。

順著蜘蛛絲逐漸擴散開的火焰，感覺正是栢榴的狐火。

此外，雖然被這道火焰嚇到但卻絲毫感覺不到任何熱度的我，為了確認究竟發生什麼事，開始找起消失在我胸膛的栢榴。

結果，取代消失無蹤的栢榴，有三條黑色尾巴竟從我的腰際頂開了黃土創造者裝備的外衣，且我的頭頂似乎也長出了狐耳。

「這是什麼？難道是栢榴幹的嗎？」

『啾！』

柘榴的鳴叫聲在腦海中響起，彷彿在肯定我。

緊接著我腰際的三條尾巴竟擅自動了起來，尾巴抓住快被火烤焦的一部分蜘蛛絲網，以蠻力將絲網扯爛，打開一個洞。

『呼沙啊啊啊啊——！』

巨大蜘蛛雖然伸出前肢試圖阻止我逃跑，但我已先一步背對地面掉出網子，在墜地途中還將箭矢搭在長弓上。

「看我回敬你！——《弓技・一矢縫》！」

巨大蜘蛛正在巢穴上高速移動，當牠在地面時因為被前鋒們團團包圍所以很難找機會狙擊，不過如果是目前這種極近的距離下，我一定能射中。

在墜落途中施放的武技箭矢，筆直地向前刺中巨大蜘蛛的一顆眼珠。

『呼沙啊啊啊啊——！』

「好極了！啊我都忘了摔下去這件事！」

在極近距離下眼睛受到強烈的箭矢攻擊，只見巨大蜘蛛正以僵硬的動作痛苦掙扎，而我自己也即將以背部摔在地面上。

使用武技後的僵硬時間，讓我來不及在空中扭轉身體以求安全著地。

身為玩家，我的數值雖能部分減輕摔下去的傷害，但為了預備等下撞擊

的力道與疼痛感，我還是緊閉上眼睛死命忍耐。結果在我尚未撞到地面前，就被誰給接住了。

「嘿咻，幸好趕上了。」

「……塔克？」

「喔，是說你這副模樣好有趣啊。」

塔克迅速鑽到原本要以背部著地的我下方，並屈膝減緩我墜落的衝擊，最後溫柔地接住我。

原本因墜落而緊繃僵硬的身體肌肉頓時脫力，害我發呆了半晌。

然而，周圍的人看到我們這副模樣——

「嗯唔！要是我在那附近的話，接住云姊姊的人就是我了！」

「哎呀哎呀，幸好有塔克先生出手搭救，真是非常感謝。」

繆點燃了微妙的競爭意識，賽伊姊則對塔克致上感謝。

「咻——竟然一把接住小姐了，真機靈啊。」

「喂！為什麼又是塔克把這種英雄救美的場面搶走了！抗議抗議！」

「「噓——噓——！」」

御雷神起鬨地吹起口哨，至於甘茲與其他幾名男性玩家，則對接住我的塔克發出噓聲。

「喔喔——塔克克，你剛才好帥喔。」

「呃，啊……那個，感謝讓我看到精采的場面。」

利利率直地佩服塔克，露卡多則有點臉紅，似乎頗害羞的樣子。此外，包含米妮茲在內的女性玩家們也紛紛發出尖叫聲

我對小隊同伴們的反應感到愕然，但還是得先確認一下自己目前的狀態。

塔克是以手臂接住我，其中一隻撐在我的膝下，另一隻則環著我的背——簡單說，這就是所謂的公主抱吧。

「啐，快把我放下來！現在立刻馬上！丟臉死了！」

「別亂動啊，會咬到舌頭的。況且——」

眼見周圍的反應，我慌忙用力掙扎試圖站回地面，但卻被塔克的臂膀所壓制無法逃脫。

塔克一邊安撫我，一邊以步法閃避，那是因為剛才眼珠中箭、痛苦不堪的巨大蜘蛛又復活了，正朝我們這邊降下如針般的纖毛。

「——唔!?」

畢竟我不能妨礙正在躲避敵人攻擊的塔克，所以只好乖乖待在他的臂彎

裡了。

即便如此，巨大蜘蛛的針雨還是幾乎要灑在塔克身上，幸好有柘榴尾巴的自動防禦機能幫忙守護我倆。

「好，都逃到這麼遠應該夠了。云，我放妳下去囉。」

「……嗯，謝謝你，塔克。」

迅速逃到後衛所在場所的塔克，將我輕輕放回地面。

「那麼，我要回前鋒的戰線去囉！」

塔克說完後，再度拔腿衝出去。

「好！我們再把蜘蛛從巢穴裡打下來吧！賽伊！」

「看我的！——《寒冰長槍》！」

幾十把冰槍逮著了四處亂竄的巨大蜘蛛，將牠打落地面，這時御雷神那群前鋒立刻一擁而上。

那之後，又重複著把蜘蛛從巢穴打落、狂轟猛攻、蜘蛛再度逃上巢穴的過程，藉此慢慢削減敵怪的ＨＰ。

很快地，等敵人剩餘的ＨＰ少於三成，巨大蜘蛛再度呼喚小蜘蛛群試圖尋求支援——

「牠又要進行恢復了！快阻止牠！」

聽了御雷神的指揮，所有人都專心排除小蜘蛛，而小蜘蛛也努力拖著白塊靠近從網子降下的巨大蜘蛛，以便讓牠吸食。

我也想盡量減少這群雜兵的數量，便使出《弓技・疾風一陣》與《空間炸彈》。

至於技能發動後的僵硬時間，我靠身體長出的三條尾巴自動防禦來自死角的攻擊。

「這麼說來，如果在那玩意裡下毒會怎麼樣？應該有一試的價值吧。」

我自言自語著，並從所持道具欄拿出合成過【麻痺】異常狀態藥的箭矢。

然後，我彎弓射箭，瞄準白塊施放。

在巨大蜘蛛附近的其中一個白塊中了【麻痺】合成箭，只見箭矢刺進的那一點有黃色慢慢暈染開來。

巨大蜘蛛吸了那塊變成黃色的內容物後突然齜牙咧嘴。

『呼、呼沙啊……』

只見巨大蜘蛛吸食越多，發出的鳴叫聲就越微弱，同時也陷入了【麻痺】狀態，八條腿還以奇妙的姿勢顫抖著。

「雖然不知道是怎麼回事，不過大家快趁機圍毆啊！」

伴隨御雷神的這聲號令，眾人對著因【痲痺】而動作遲緩的巨大蜘蛛輪番施放武技。

就這樣，巨大蜘蛛在我方壓著打的優勢下被撂倒了，終於化為光粒消失。

——緊急R任務：討伐深淵蜘蛛。

以多支小隊同心協力打倒甦醒的【深淵蜘蛛】——1／1

突然展開的Raid頭目戰告終了，我們這才放鬆下來。

緊接著，在巨大蜘蛛——深淵蜘蛛消失後，狀似棉花的蜘蛛絲也從原本附著的樹上化為光粒，向這一帶擴散開來。

這幅光景，就宛如白色的櫻花花瓣如雪花般大量從樹上飄落，不過光粒很快就在空中溶解消失，剩下的只是一株殺風景的落葉樹。

「原本是想來欣賞這株看似長了棉花的植物，結果現在卻變成一棵光禿禿的樹，連葉子都沒有啊。」

「那賞花活動該怎麼辦……」

「沒差啦，比起賞花，我們這票人原本就打算來這裡享受美食的。」

一邊聽眾人的這些對話，我一邊仰望失去葉子後，氣氛變得很寂寥的那棵樹。

「明明是難得的賞花活動，現在卻變成單純的野餐了。」

「啾～」

原先進入我體內的柘榴，這時一溜煙從我的後頸鑽出來，整隻直接掉進我外衣的兜帽裡，並發出好像很遺憾的叫聲。

結果這時所有參與這場突發討伐任務的玩家，都在選單上跳出新的連鎖任務發生訊息。

——緊急任務：讓王花櫻開花（剩餘72小時）。

打倒【深淵蜘蛛】後，【王花櫻】之樹就有機會開花了。然而，開花所需要的養分不足。

在時限內，使用一定數量能幫助植物生長的技能或道具讓花朵盛開。

一旦時限耗盡，【深淵蜘蛛】會再度築起新的巢穴。

我仰望那棵樹，並回想起在超弩級敵怪——巨岩的體內迷宮裡，也有類似這種附帶時限的任務。

而必須的養分則顯示為——『0／300』。

「利利，你過來一下！」

「嗯！」

我這麼一喊，利利就伴隨著涅希亞斯靠過來。

利利的選單裡應該也顯示出相同的任務。

「這個，只要給植物營養就好了，對吧。」

「沒錯。之前借放在你那邊的植林道具有帶來嗎？」

「我還收在所持道具欄裡呢！」

說完，利利便取出鏟子、【中級肥料】與【植物營養劑】等。

「那麼，我們動手吧！」

我們為了促使花盛開而賣力動了起來，至於不知道該怎麼幫忙的御雷神他們，只能站在遠處守候著。

我跟利利並沒有在意其他人，持續作業。

「這裡的泥土很硬，云云，我挖掉上頭的一層，用新的泥土代替吧！」

「既然這樣，乾脆一開始就使用腐植土跟【中級肥料】兩者好了。」

我這麼說完，便用鏟子挖掉原本環繞在粗壯樹根周圍的土壤，並將所持道具欄裡的腐植土與中級肥料用七比三的比率混合，加以取代。

『──腐植土：養分＋20ｐｔ、中級肥料：養分＋50ｐｔ。剩餘點數70／300』。

看來腐植土跟中級肥料被遊戲系統視為分別的養分補給道具了。

「云云，要不要叫利維出來幫忙澆水？」

「我知道了。利維，換你上場囉──《召喚》！」

在跟巨大蜘蛛──深淵蜘蛛戰鬥前，我判斷戰場對利維不利就把牠變回召喚石了，現在我又重新把牠叫出來，拜託牠幫忙灌溉。

真沒辦法啊──利維嘆了口氣一副好像很無奈的樣子，但還是去樹的根部灑水了，只見樹根大口大口將水分吸收上去，但這樣的水量好像還不夠。

「那個，云，有什麼我們可以做的嗎？」

「云姊姊！人家也想幫忙！」

「賽伊姊，繆……那好吧，請賽伊姊跟利維一塊澆水，至於繆可以做什麼呢？」

我不解地說道，當賽伊姊跟利維去旁邊繼續灌溉時，我絞盡腦汁思索可以拜託繆的工作。

「我想到了！植物都需要陽光──《照明》！」

「咦，不對啦它又沒有樹葉也沒法進行光合作用啊……等等，竟然被系統承認囉。」

明明沒葉子了王花櫻之樹卻能以光合作用製造養分，這種設定也太奇幻了吧。自己真是的，不該大驚小怪才對，我一邊這麼感慨，一邊檢視已追加的養分一覽。

『──灌溉：10pt、光合作用（光魔法）：追加30pt。剩餘點數110／300』。

「我去準備【植物營養劑】，另外要拜託希亞亞跟柘榴榴製造充當肥料的草木灰了！」

在另一頭，利利正以【生命之水】稀釋【植物營養劑】，並注入澆水器準備灌溉。

此外，柘榴與涅希亞斯則焚燒起利利取出的木材與【魔竹木】。

把木材跟【魔竹木】燒成灰後也可以給樹木當肥料，但以輔助類使役獸的柘榴和涅希亞斯而言，火力要把木材竹子燒成灰得花上好長的時間，因此那群具備【火屬性才能】的魔法師們也來幫忙了。

不久後，被燒成全白的灰燼就透過風魔法帶到大樹的根部，系統也承認這些是養分。

『——生命之水：20pt、植物營養劑：100pt、草木灰：追加30pt。剩餘點數260／300』。

我繼續尋找還有沒有其他可用道具。

「……【除蟲香】怎麼樣？這個可以用來驅蟲。」

雖然不含養分，但或許具備讓那些黑色小蜘蛛不敢靠近的效果吧，我心裡這麼猜想並焚燒【除蟲香】——結果又多了10pt。

「結果還真的有用哩……」

我喃喃自語的同時，苦惱於剩下的30pt該如何補足。

同項目的道具與技能都只能追加一次點數而已。

於是，我為了尋找有沒有適合的魔法可用，便打開選單檢視，結果在某個項目停了下來。

「這麼說來……我想到了啊。」

能。

【念力】天賦一旦等級超過5，除了《意念驅動》外還會學到其他新技能。

那便是效率不佳、被當作搞笑招式的HP、MP轉讓技能——《傳輸者》。

雖說以恢復魔法或藥水，應該也能替這棵被巨大蜘蛛當作巢穴的樹提供養分，但我不知不覺就選擇了這項魔法。

「好吧，就當作白老鼠實驗一下——《傳輸者》。」

我裝備起【念力】天賦，直接用手觸摸樹幹並使用《傳輸者》，開始將自己的HP與MP雙雙送出去。

「喔！我也來幫忙！——《超大治療術》！」

「云，讓我助你一臂之力——《重生術》！」

「還有我呢！——《超大治療術》！」

眼見我的行動，能使用恢復魔法的繆、賽伊姊、米妮茲也紛紛加入行列，溫暖的光芒開始從樹木周圍升起，最後終於包圍了整棵植物。

其餘玩家見狀忍不住仰望大樹，發出感佩的嘆息。

不久後——

『——生命力轉讓（恢復魔法）：30pt。剩餘點數300／300』。

我接到緊急任務：【讓王花櫻開花】已達成的訊息，便將碰觸樹幹的手悄悄放開。

抬頭一看，原本葉子掉光的這棵樹，正緩緩長出花苞並逐漸綻放開來。

開滿淡桃色花朵的【王花櫻】幾乎完全占據我們頭頂上方，這時，御雷神單手抓著酒瓶冷不防跳到眾人面前。

「——各位，可以開始賞花囉！」

「「唔喔喔喔喔喔——！」」

彷彿一直在等待這一刻般，全體玩家同聲發出巨大歡呼。

當初以為是要來欣賞一棵彷彿長了棉花的不可思議大樹，現在儘管賞花的內容跟原先預期的不同，但我還是充滿感慨地仰望這株繁花盛開的【王花櫻】。

終章　賞花與王花櫻

唐突展開的 Raid 頭目【深淵蜘蛛】之戰。

隨後又馬上度過了【讓王花櫻開花】的緊急任務，當我終於能仰望盛開的櫻花樹並置身一片繁花之中時，任務的報酬道具送來了。

王花櫻的幼苗【幼苗】

能盛開特殊櫻花的樹。這種樹也能結出特殊的櫻桃。

採收期：每四天一次。根據成長幅度收成，數量也會有相應變化。

跟桃藤花的幼苗類似，我也是透過任務報酬的管道取得這種樹的幼苗。

雖然桃藤花每天都會掉落【復活藥】素材所需的花瓣，但這種樹四天收成一次也算很快了。

不知道種起來以後會變怎麼樣？我瀏覽所持道具欄裡的說明，臉上浮現期待的微笑。

就這樣，突如其來的任務終於全都結束，可以開始準備賞花。

在王花櫻樹下鋪好墊子後，我坐在上頭，將事先準備好的多層木盒與裝了茶的水壺取出。

除了我以外，其他玩家也有自行帶食物來的，大家各自找認識的朋友坐在一塊，盡情享受賞花之樂。

「那麼，乾杯！」

「「乾杯——！」」

御雷神那群已成年的玩家，也迫不及待痛飲起來。

此外，之前被擋在【迷途森林】那的玩家們也陸續趕到，加入眾人的賞花行列。

「那麼，我們這邊也開動吧。」

我打開多層木盒的蓋子，繆他們都把頭湊過來看。

「唔哇啊啊！這是云姊姊做的嗎？真棒！太了不起了！」

「云，妳真行呢，可以分我一點嗎？」

「不管是繆或賽伊姊，都不必跟我客氣快吃吧。」

我們這組人的賞花活動就這麼開始了，大家把各自帶來的食物與飲料都拿出來交換。

「我之前雖然已經嘗鮮過了，但這些菜果然還是很好吃呢。來，希亞亞。」

「嗯，果然有云的味道，好吃。我還要再一碗，拜託多來點炸雞塊。」

「云，也請分我一些吧！要裝多一點喔！」

利利、塔克、甘茲都沒有坐在墊子上，而是站著探頭湊向多層木盒，且我才剛分給他們沒多久，三人又馬上要求再來一碗。

「真是的，你們慢慢吃不行嗎？」

我嘆了口氣後再用盤子把食物分出去，並豎耳傾聽其他賞花的玩家們在聊什麼。

無法通過【迷途森林】，也沒趕上開花任務的玩家們，似乎只要站在【迷途森林】的入口朝山頂仰望，也能目擊這個場所發生的變化。

那棵樹原本看似長了棉花，但在蜘蛛被討伐、巢穴也消失後，大量光粒就像下雪一樣紛紛落下，顯現出底下光禿禿的樹木，接著又過了一會，櫻花就在樹上怒放了。

我在聽他們討論時，利利、塔克與甘茲似乎對我準備的料理非常滿意，但或許是待在女性多的地方不太自在吧，他們吃完就離開了。

趁這個時機，繆對我拋來質問。

「喂，云姊姊，在打頭目的時候妳是怎麼了？」

「唔——妳是指什麼啊？」

繆在我身邊仰望隨風搖曳的茂盛櫻花樹後，又將目光轉向柘榴。

對於柘榴成獸化後的能力，不只是繆，就連賽伊姊與露卡多、米妮茲她們好像都充滿了興趣。

「拜託，讓我再欣賞一次！一次就好了！」

「呃，就算妳要求再來一次，我也不知道當初是怎麼辦到的啊。」

柘榴鑽入我的體內，跟我合而為一，繆吵著想看的就是那幅景象吧。

然而，我不清楚要下達什麼指示，才能重現跟柘榴合而為一的場面。

「是說，長了狐耳跟尾巴的云，真的好可愛啊。」

「就是說嘛。下回，一定要讓我截圖！」

「拜託饒了我吧～」

彷彿在搭繆的順風車，賽伊姊跟米妮茲也連番誇獎我跟栢榴合而為一的模樣。

另一方面，露卡多則研究起我跟栢榴合而為一的這項能力。

「合而為一……在玩家能使用的天賦裡，並沒有具備這種效果的例子，不過我記得怪物的固有天賦裡應該有類似的能力才是。」

「咦，原來是這樣啊。」

「是的。在鬼魂一類的靈體型敵怪中，有可以跟其他怪物同化後進行強化的【附身】能力，以及當受到損傷後，靈體與其他不定型怪物進行同種類合體、恢復血量的【同化】能力。」

「那麼，栢榴的情況應該是【附身】吧？感覺跟同化不太一樣。」

「我也有同感。在【附身】的情況下，除了數值會上升外，還能使用部分使役獸的能力。」

聽了露卡多的分析，我看向待在我身邊仰望櫻花樹的栢榴，結果牠彷彿在說「什麼？」一樣對我微微歪著腦袋。

「栢榴，跟頭目戰鬥的時候，謝謝你啦。還有以後也要請你多多幫忙了。」

說完，我摸了摸牠的頭，結果栢榴反而擺出用臉頰摩挲我手掌的動作。

就這樣，我們悠閒地賞花差不多過了三十分鐘左右。

比起被【迷途森林】阻擋的那群人，腳步更遲的另一批玩家也趕來了。

這批人，是最先與【深淵蜘蛛】展開戰鬥，被全滅後死亡、送回城鎮的玩家們。

在死亡懲罰解除後，他們似乎是一路快馬加鞭趕回這裡，只見那些人肩膀上上下下地劇烈喘氣，並來到御雷神面前。

「終於，回到這邊了啊……」

說完，那些曾死過一次的玩家們就累得當場跪在地上。

「對了，先前你們跟【深淵蜘蛛】戰鬥時，究竟發生了什麼事？」

搞不好跟我們對決頭目時不一樣，敵人做出了某些我們沒看過的行動模式，或者【深淵蜘蛛】還有其他需要留意的特點之類也說不定。

為此，御雷神才向那群人打探情報。

結果，他們全滅的原因，是被【深淵蜘蛛】的網子捕獲，在無法得救的狀態下超過一定時間，就受到瞬間死亡的HP吸收攻擊了。

此外，在被網子捕獲的狀態下，無法自行使用【復活藥】，因此只能等死亡懲罰的時間過去才得以返回遊戲。

不過就算受到瞬間死亡的ＨＰ吸收攻擊，只要之後從網子放出來並使用【復活藥】，還是可以救得回來。

只可惜，那些玩家尚未察覺這點以前，同伴們就有半數都被打死了。況且這頭目又具備自我恢復的能力，因此剩餘的玩家覺得與其被慢慢磨光血量，還不如早死早超生、盡快放棄戰鬥算了。

「雖說我們確實戰敗被送回城鎮，但先抵達這裡的可是我們啊！可惡，氣死人了！」

「如果在死前先趁機登錄傳送點，就可以更快返回這裡了不是嗎！」

當我豎耳傾聽那群垂頭喪氣的重生玩家們這麼抱怨時，御雷神忽然喃喃冒出一句。

「嗯，我也感到很遺憾。不過，這種事隨時可能碰上就不要耿耿於懷了。來，喝點酒吧？」

「多謝，那我就不客氣了。」

「小姐，不好意思，可以做一些給他們下酒的小菜嗎？」

「真是的，我知道啦。是說你們比較想吃什麼？」

因為我這邊多層木盒中的料理都解決光了，原本就預期會被丟來類似這樣的工作，果不其然。

我直接問那些死而重返的玩家們有什麼需求，他們儘管驚訝但還是很確定地答道。

「啊，那麼，只要是滿好吃的料理我都可以。」

「我也一樣。」

「「——以下皆同。」」

死過一次又重返的小隊成員們，似乎對不是下酒的菜餚也不介意。

「那麼我要開始做追加的料理囉，有人可以來幫忙嗎？」

在我的呼喚下，有好幾位擁有【料理】天賦的玩家都表示願意協助。

另外，雖然對烹飪沒有直接的貢獻，但其他玩家們也願意提供食材道具。

我拿出希奇福克給的漁獲，以及伊旺所贈、那個長得很像舞菇的【石茸】，再加上其他一些來這裡的路上所取得的食材，全部拿去做炸物。

魚跟【石茸】以及貌似山菜的食材，直接裹上麵粉炸天婦羅了，至於其他蔬菜則先切成長條狀再油炸。

另外，陸生烏賊也經過去毒處理再清洗乾淨，切成塊狀與小黃瓜涼拌，另外我又把用【調藥】技能乾燥處理過的魚乾拿出來烤。

「再來一碗！等等根本不夠吃嘛！」

「拜託這山菜天婦羅未免太少了吧！誰快去幫忙收集一下食材啊！」

「這天婦羅配飯再沾點甜醬汁，就變成蔬菜天婦羅蓋飯了嘛！」

我一邊聽著這些感想一邊努力油炸配菜，但在我身旁的繆卻露出了有點不安的表情。

「繆，妳怎麼了嗎？」

「唔，嗯。不知為何，我覺得自己太開心了，所以對沒來參加的希諾她們感到有點過意不去呀。」

「啊——原來如此。」

今天只有露卡多有空加入，所以繆似乎對其他小隊成員感到很抱歉，我摸了摸她的頭這麼告訴她。

「妳們之後還可以單獨舉辦賞花啊？況且王花櫻的幼苗也拿到了。真的那麼想賞花在【加油工坊】辦一場也行。」

屆時我會幫大家做豐盛的料理。聽了我這麼保證，繆面露喜色，不安的表情也消失了。

「對耶，那到時候可以麻煩姊姊嗎？」

「當然沒問題。不過，我可能得先種下幼苗，等樹長大到一定的程度才行。」

「謝謝妳，云姊姊。」

大概是不安消除了吧，繆這麼說完，就立刻加入對我那些炸物的爭奪戰。

結果，雖說是賞花活動，但不知不覺又變成一如往常的宴會了，我不禁面露些許苦笑，直到賞花結束之前都手不停歇地做著料理。

●

賞花結束後，玩家們陸續來到山峰上的傳送點進行移動。

這時，我從傳送點附近俯瞰底下的光景，不禁冒出感嘆之聲。

「喔喔，這座山的另一頭原來是長這樣啊。」

翻越往西南方延伸的山脈後，就是一塊範圍狹窄、呈長條狀的森林，而隔著森林的對面又有另一道山脈橫亙。

「喂，云云，在那邊可以遠眺到的，是海嗎？」

「嗯？啊，真的耶，從這裡還能看到海。」

在利利的提醒下，我透過【千里眼】天賦遠望他所指出的山脈缺口，果然有塊與天空界線不太一樣的蒼藍色，此外還能看到一點點潔白的沙灘。

「真虧你們兩位能注意到那麼遠的地方。話說回來，云小姐跟繆、賽伊，其實之前也去過海岸邊哩。」

聽到我的咕噥聲，位於附近的御雷神如此接話道。

之前為了通過天賦擴充任務的考驗而去打倒頭目敵怪——【皇帝愚足蟲】時，我們就曾來到海濱的沙灘。

假使遠方的沙灘跟我們上次去過的地方相連，那我們之前所走的，就是一條非得具備【游泳】天賦且還得跟頭目交戰才能打通的捷徑了。

另外，眼底下這條必須翻越好多道山脈的陸路，可能才是遊戲設定的正規路線。

「我們近日也會貫穿底下的這片土地，將足跡延伸到海洋。」

御雷神這麼說完，就直接碰觸傳送點轉移到別處了，我不禁面露苦笑。

目前，就算她想出海也沒有船可用，連近海都跨不過去吧。

「云云，在御雷雷他們抵達海邊之前，我想設法把船造好。」

「好啊。希望我們能擁有技術與經驗，造一條至少在近海活動安全無虞的船隻。」

總之，在御雷神他們走完陸路之前，我們這邊一定要努力造出船，為那群在最前線開疆闢土的玩家們提供支援，這是我內心的期望。

身為生產角色，我又立下一個新的堅定目標，接著我就透過傳送點轉移到第一城鎮打道回府。

接著又過了幾天——

在面朝【加油工坊】田地的木製露臺上，我擺出餅乾與果凍，至於正在泡茶的NPC京子小姐也陪伴在我身旁。

此外，在木製露臺的前方，除了有已經長得很高大的桃藤花之樹，一旁另有剛種下沒多久的王花櫻幼苗正在開花。

花苞、櫻花、綠葉、紅葉——幼苗會以這種週期每四天跑完一個輪迴，我就是看準了今天這個時機才進行準備。

「今天為了我們而大費周章，真是感謝萬分。」

「云小姐，謝謝妳特地幫我們準備賞花的環境！」

「歡迎大家的光臨。嗯，雖然樹還很小棵，也請大家盡情享受吧。」

露卡多第一個向我道謝，至於一旁的希諾也同樣表達感激之意。

為了那些不克參加【八百萬神】賞花企劃的朋友們，我邀請大家參與第二次的賞花活動，儘管規模很小，但她們還是赴約了。

除了繆小隊全員到齊外，塔克小隊則來了米妮茲跟瑪咪，另外，一直在致力於【機關魔導人偶】與精金礦石研究的瑪琦小姐也參加了。

由於聚集在此的夥伴幾乎都是女生，剛好呈現一種女性聚會的風貌，但我並不介意，依然在旁為大家服務。

「瑪咪，我把茶端來了。」

「謝謝妳，米妮茲。這株櫻花幼苗剛好跟我的腰一樣高，好可愛唷。」

米妮茲與瑪咪對並排生長的小棵王花櫻似乎也頗為欣賞。

老實說，我比較想讓大家享受大株櫻花樹整棵怒放的豪華景象，幸好小棵的幼苗她們也滿喜歡的，我辛苦準備這次的賞花也不算白費了。

「喔喔——柘榴也終於長為成獸啦，真是恭喜啊。」

「啾！」

「哇呼！」

瑪琦讓她的夥伴里克爾跟柘榴一起玩，藉此療癒自己研究【機關魔導人偶】與精金礦石的疲憊。

至於在我的身旁——

「呼呼呼，聽說云小姐又追加了新的獸耳屬性，請務必讓我摸一下妳的狐耳。當然，如果可以摸，就算是現在的狀態我也非常歡迎。」

「禮蕾，拜託妳稍微自制一點。」

當禮蕾朝我伸出魔掌時，蔻哈克連忙揪住她的手阻止。

至於繆跟希諾，比起美景她們似乎更熱愛美食，對我準備的點心好像非常中意。

托烏托比則跟露卡多一樣，比起王花櫻的幼苗似乎更欣賞旁邊的桃藤花之樹，還不斷端詳著。

所有人都以各自喜愛的方式享受這次的賞花。

「喵！聽說云小姐真的變成毛茸茸怪物了！」

「蓓爾，我要動手囉！」

「喵咧——！這是殺生啊啊！」

突然，從【加油工坊】的店面那邊傳來了嘈雜的聲響，我趕忙探頭窺看。

原來是蓓爾正站在店門口，但有條灰色的象鼻也立刻伸過來，纏繞蓓爾的腰肢後把她抓走了。

雖然沒看見本人，但從說話聲判斷，應該是蕾緹雅把蓓爾帶走了吧。

趁她下次來突擊之前，先帶點禮物過去找她吧，我在心底這麼發誓。

在這場小騷動之後，已經充分享受過賞花之樂的繆她們在我面前列隊。

「云姊姊！云姊姊！」

「好好好，怎麼了嘛？」

「呃，雖然晚了一點才向妳報告，不過我就藉這個機會鄭重宣布。包含露卡在內的小隊全體成員，都順利升學了！」

繆說完後，她們所有人都顯得很高興，我也以會心的微笑凝視她們。

繆是我的家人所以我早就知道她的情況了，不過繆小隊的所有成員都平安升學，依然是一件值得欣喜的事。

「恭喜啊。所謂順利升學就是變成高中生的意思吧。」

「是的。三月的時候雖然比較忙，但現在總算塵埃落定了。」

「……進入四月搞不好會變得更忙啊，感覺我可能會逐漸脫離ＯＳＯ的世界，不過就算沒空我也會設法登進來的。」

「經常聽人說，一進入春季原本的生活習慣就會被打破，然後就會從某件事情中畢業。不過，我可還沒打算就這樣離開ＯＳＯ喔！」

露卡多向我報告她的日常生活，托烏托比則隱約顯現出對新生活的不安。至於希諾，儘管同意托烏托比的說法，對ＯＳＯ的高昂熱情依然不減。

除了露卡多她們，像是禮蕾跟蔻哈克，也從瑪琦小姐與米妮茲、瑪咪那得到了諸多關於高中生活的建議。

好吧，只有禮蕾的部分稍微包含了一點下流念頭，至於蔻哈克則雙眼閃閃發亮地認真提出問題。

時序很快就要進入四月了，我心想，於是我跟繆這群夥伴，就繼續在ＯＳＯ裡搶先享受愉悅的春光。

——數值——

名字：云

武器：黑乙女長弓、沃爾夫司令官的長弓

副武器：瑪琦的菜刀、切肉刀・重黑、肢解刀・蒼舞

防具：ＣＳ No. 6黃土創造者（夏服、冬服）

飾品裝備容量極限３／10
・精靈戒指（1）
・替身寶石戒指（1）
・園藝地輪具（1）

持有SP20
【長弓LV41】【魔弓LV25】【千里眼LV25】【識破LV36】
【捷足LV30】【魔道LV32】【大地屬性才能LV14】
【附加術士LV8】【料理人LV16】【物理攻擊上升LV23】
【調藥師LV29】

保留
【弓LV55】【調教LV37】【鍊金LV47】【合成LV46】
【鏤金LV39】【生產角色心得LV25】【游泳LV18】
【語言學LV28】【登山LV21】【身體耐性LV5】
【精神耐性LV4】【先制心得LV14】【要害心得LV12】

【念力LV6】

冒險的成果——

・栽培蔭影結晶樹，並以其素材製作飾品【夢幻居民】。

・在荒野地區發現地下溪谷。

・使役獸：空天狐【柘榴】成獸化。

・達成【讓王花櫻開花】任務，取得任務報酬王花櫻的幼苗。

後記

初次見面的朋友，以及久違的朋友，大家好。我是アロハ座長。

包括手上拿著本書的讀者，責任編輯O先生，為本作描繪精采插圖的ゆきさん老師，出版前就在網路上賞光我作品的網友們，我都要致上最大感謝。

OSO系列，目前正在Dragon Magazine上連載由羽仁倉雲老師所繪的漫畫版。云跟其他角色們在漫畫版裡的模樣既逗趣又惹人憐愛，想欣賞他們活躍的可愛身影千萬不能錯過。

另外，在下的新書《Monster・factory——左遷騎士開始經營魔物牧場物語》（暫譯）也與本作同時問世了，您若是能順便考慮一下那本新作，我會感到非常光榮。

那麼這次的第13集，終於讓使役獸空天狐成獸化了，云也被附身變成了一名狐狸少女。

柘榴是在ＯＳＯ第二集登場的，長期以來，都在本系列擔任毛茸茸的療癒要素角色。

當然，不只是讀者，就連執筆的我也因云跟柘榴，還有其他使役獸們的可愛共處場面而被治癒。

想被柘榴的尾巴環繞脖子，想被柘榴高速震動的兩條尾巴啪啪啪左右打臉，想被小動物們圍繞——我不時想像著上述的場面。

我跟大多數人類似，都喜歡可愛的小動物，偶爾也會藉由可愛的動物影片療癒疲憊的心靈。

然而這樣的我，最近卻產生了某種煩惱。

那就是為了準備ＯＳＯ跟新作《Monster・factory》（暫譯）這兩系列的怪物設定，害我大傷腦筋。

一部是ＶＲＭＭＯ，需要設計遊戲裡的敵怪與使役獸，還得要考量牠們的戰鬥模式與能力等等。

另一部則是異世界的奇幻風格魔物，必須想好牠們的背景與生態，以及有效運用的方法等等。

當然，我不可能全部原創，某些怪物的設定也可能讓您覺得似曾相識。

不過就算這樣，當怪物出現在作品裡時，我還是會盡量讓怪物的舉動能增添作品更多的趣味性。

陷入煩惱的我，日日夜夜努力理解生物的行為與身體各部位，還不時觀看動物影片，或參考在遊戲直播裡登場的敵怪，甚至瀏覽生物標本照片以及器官解說等等，對怪物的設定拚出了老命。

要是我所設定的怪物們，能在諸位讀者的想像中大為活躍，就是我莫大的榮幸了。

今後也請大家對我——アロハ座長多多關照了。

最後要對手上拿著本書的讀者諸君，再度致上我的感謝之意。

期待能與大家再度相會的日子。

二〇一七年　八月　アロハ座長

Only Sense
絕對神境
Online

Only Sense
絕對神境
Online

浮文字
Only Sense Online 絕對神境⑬
（原名：Only Sense Online —オンリーセンス・オンライン—13）
著　　者／アロハ座長　封面插畫／ゆきさん　譯　　者／許昆暉
發 行 人／黃鎮隆　副總經理／陳君平　副　　理／洪琇菁
執行編輯／曾鈺淳　美術編輯／李政儀　文字校對／施亞蒨
內文排版／謝青秀　企劃宣傳／邱小祐、劉宜蓉
國際版權／黃令歡、梁名儀
出　　版／城邦文化事業股份有限公司 尖端出版
台北市中山區民生東路二段一四一號十樓
電話：（〇二）二五〇〇－七六〇〇
傳真：（〇二）二五〇〇－二六八三
E-mail：7novels@mail2.spp.com.tw
發　　行／英屬蓋曼群島商家庭傳媒股份有限公司城邦分公司　尖端出版
台北市中山區民生東路二段一四一號十樓
電話：（〇二）二五〇〇－七六〇〇（代表號）
傳真：（〇二）二五〇〇－一九七九
北區經銷／祥友圖書有限公司
電話：（〇五）八五一一－三八五一
傳真：（〇二）八五一一－四二五五
中彰投以北經銷／楨彥有限公司（含宜花東）
電話：（〇二）八九一九－三三六九
傳真：（〇二）八九一四－五五二四
雲嘉經銷／智豐圖書有限公司　嘉義公司
電話：（〇五）二三三－三八五二
傳真：（〇五）二三三－三八六三
客服專線：〇八〇〇－〇二八－〇二八
南部經銷／智豐圖書有限公司　高雄公司
電話：（〇七）三七三－〇〇七九
傳真：（〇七）三七三－〇〇八七
一代匯集／香港九龍旺角塘尾道六十四號龍駒企業大廈十樓B&D室
電話：（八五二）二七八三－八一〇二
傳真：（八五二）二五八二－一五二九
E-mail：hkcite@biznetvigator.com
新馬經銷／城邦（馬新）出版集團Cite（M）Sdn. Bhd.
E-mail：cite@cite.com.my
法律顧問／王子文律師　元禾法律事務所
台北市羅斯福路三段三十七號十五樓
二〇二〇年九月一版一刷

■中文版■

郵購注意事項：
1.填妥劃撥單資料：帳號：50003021戶名：英屬蓋曼群島商家庭傳媒(股)公司城邦分公司。2.通信欄內註明訂購書名與冊數。3.劃撥金額低於500元，請加附掛號郵資50元。如劃撥日起 10～14日，仍未收到書時，請洽劃撥組。劃撥專線TEL：(03)312-4212 ・ FAX：(03)322-4621。E-mail：marketing@spp.com.tw

國家圖書館出版品預行編目資料

Only Sense Online 絕對神境 / アロハ座長作；
許昆暉譯. -- 1版. -- 臺北市：尖端出版：家庭
傳媒城邦分公司發行, 2020.09-
冊； 公分
譯自：Only Sense Online：オンリーセンス·オンライン
ISBN 978-957-10-9076-4（第13冊：平裝）

861.57 109010255